कहाँ क्या है?

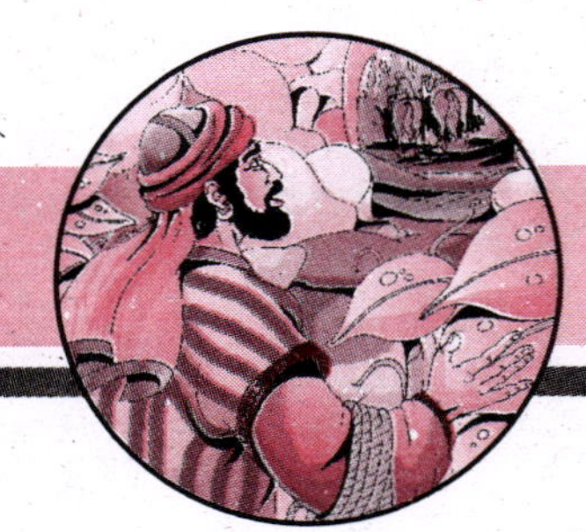

अलीबाबा और चालीस चोर

बहुत पहले की बात है कि ईरान में अलीबाबा और कासिम नाम के दो भाई रहते थे। अलीबाबा बहुत ही दयालु और ईमानदार व्यक्ति था। उसे धन का कोई लालच नहीं था। बड़ा भाई कासिम बहुत ही लालची इनसान था। वह धन के लिए कुछ भी कर सकता था।

मरने से पहले उनके पिता ने अपनी सारी जायदाद अलीबाबा और कासिम में बाँट दी थी। कासिम ने चालाकी और धोखे से अलीबाबा के हिस्से की सारी जायदाद हड़प ली और उसे घर से निकाल दिया। कासिम पैतृक घर में अपनी पत्नी के साथ सुख से रहता था। उसके पास ऐशो-आराम की सभी वस्तुएँ थीं। अलीबाबा अपनी पत्नी के साथ एक छोटे से घर में रहता था। उसके पास दो गधे थे। वह जंगल से लकड़ियाँ काटकर लाता और गधों पर लादकर बाजार में बेच देता था। अलीबाबा बहुत ही गरीब था। कभी-कभी उसे लकड़ियाँ बेचकर इतने पैसे भी नहीं मिलते थे कि वह दो वक्त की रोटी ठीक से खा सके।

एक दिन अलीबाबा जंगल में लकड़ियाँ काट रहा था कि उसे घोड़ों की टापों की आवाज सुनाई दी। कुछ ही देर में चालीस घुड़सवारों की फौज उधर ही आ गई। अलीबाबा यह देखकर बुरी तरह डर गया और पेड़ों की पत्तियों में छिप गया। अलीबाबा ने देखा कि सभी घुड़सवारों के

हाथ में पोटलियाँ थीं। वे सभी पेड़ के पास एक पहाड़ी के सामने खड़े हो गए।

तभी उनके सरदार ने आगे आकर कहा, "खुल जा सिमसिम।" देखते-ही-देखते पहाड़ी का एक हिस्सा एक ओर हट गया और एक गुफा दिखाई देने लगी। सभी घुड़सवार उस गुफा में चले गए तो सरदार ने कहा, "बंद हो जा सिमसिम।" सरदार के कहने के साथ ही चट्टान फिर से अपने स्थान पर आ गई। अलीबाबा पेड़ों की ओट से सबकुछ देख रहा था। यह सारा दृश्य देखकर अलीबाबा बहुत आश्चर्यचकित हुआ।

कुछ ही देर में अलीबाबा ने देखा कि गुफा का दरवाजा फिर से खुला और सारे घुड़सवार बाहर आ गए। सरदार ने जैसे ही 'बंद हो जा सिमसिम' कहा तो गुफा का दरवाजा फिर से बंद हो गया। फिर सारे घुड़सवार उसी दिशा में चले गए। अलीबाबा ने देखा कि घुड़सवार अपनी-अपनी पोटलियाँ गुफा में ही छिपाकर रख गए थे।

घुड़सवारों के जाने के बाद अलीबाबा के मन में गुफा का राज जानने की इच्छा और भी तेज हो गई। उसके मन में अनेक प्रश्न उठ रहे थे। वह जल्दी से पेड़ से नीचे उतर आया और चट्टान के सामने चिल्लाने लगा, "खुल जा सिमसिम"। तभी गुफा का दरवाजा खुल गया और अलीबाबा गुफा में प्रवेश कर गया। गुफा के अंदर हीरे-मोती, सोने-चाँदी के गहने, मणि-माणिक्य और अशर्फियाँ देखकर अलीबाबा की आँखें चुँधिया गईं। इतनी सारी दौलत अलीबाबा ने पहले कभी नहीं देखी थी।

अब अलीबाबा को यकीन हो गया कि वे सारे घुड़सवार चोर थे। जिन्होंने लोगों को लूटकर इतनी सारी धन-दौलत जमा की है। अलीबाबा जल्दी से बाहर आया और अपने दोनों गधों को गुफा के अंदर ले गया। उसने खाली बोरियों में सोने की अशर्फियाँ भरकर गधों पर लाद लीं और शीघ्रता से गुफा के बाहर आकर जोर से बोला, "बंद हो जा सिमसिम।" इतना कहने के साथ गुफा का दरवाजा बंद हो गया।

इसके बाद अलीबाबा खुश होता हुआ अपने घर लौट आया और अपनी पत्नी से बोला, "आज भगवान् ने हमारी सुन ली। आज से हमारे दुःख के दिन बीत गए। अब हम भी सुख से रहेंगे।" अलीबाबा ने अपनी पत्नी को सारी घटना के विषय में बताया तो वह भी सुनकर खुशी से झूमने लगी।

अलीबाबा ने गधों की पीठ से बोरियाँ उतारीं और सारी अशर्फियाँ जमीन पर गिरा दीं। दोनों पति-पत्नी जल्दी-जल्दी गिनती करने लगे। खुशी के कारण वे बार-बार गिनती भूल जाते। अशर्फियों को गिनने में आधी रात बीत गई, लेकिन वे अशर्फियों को गिन न सके। इसके बाद अलीबाबा की पत्नी कासिम के घर जाकर तराजू माँगने चली गई।

कासिम की पत्नी बहुत ही चालाक थी। उसे हैरानी इस बात की थी कि आधी रात को तराजू में क्या तौलेगी? वह सोचने लगी कि इसे तो दो वक्त की रोटी भी ठीक से नहीं मिलती, फिर आज इसे तराजू की क्या आवश्यकता पड़ गई। उसने सच्चाई जानने के लिए तराजू के पलड़े के

नीचे मोम लगाकर तराजू अलीबाबा की पत्नी को दे दिया।

अलीबाबा की पत्नी तराजू लेकर अपने घर आ गई। पति-पत्नी ने रात में ही सारी अशर्फियाँ तौल लीं और अपने घर में गड्ढा खोदकर जमीन में दबा दीं। सुबह होते ही वह तराजू वापस दे आई।

तराजू के पलड़े के नीचे मोम में चिपकी एक अशर्फी को देखकर कासिम की पत्नी दंग रह गई। वह ईर्ष्या से जलने लगी। उसने सारी बात कासिम को बता दी। कासिम भी सोच में पड़ गया कि इनके पास इतनी अशर्फियाँ कहाँ से आईं? सच्चाई जानने के लिए कासिम अलीबाबा के घर जाकर बोला, "मुझे मालूम है कि तुम्हारे पास बहुत सारी सोने की अशर्फियाँ हैं। सच-सच बताओ कि क्या तुमने चोरी की है? अथवा जमीन में गड़ा हुआ खजाना तुम्हें मिल गया है। यदि तुमने सच नहीं बताया तो मैं तुम्हें काजी के पास ले जाऊँगा।"

काजी का नाम सुनते ही अलीबाबा डर गया और उसने कासिम को उस गुफा के विषय में सबकुछ बता दिया। कासिम बहुत लालची था। वह पाँच-छह गधों पर बड़ी-बड़ी बोरियाँ लादकर जंगल में गुफा की ओर चल दिया।

कुछ ही देर में कासिम गुफा के पास पहुँच गया और जोर से बोला, "खुल जा सिमसिम।" इतना कहते ही चट्टान एक ओर को हट गई और गुफा में जाने का रास्ता दिखाई देने लगा। कासिम जल्दी से गधों को हाँकता हुआ गुफा के अंदर चला गया। बाद में कासिम ने कहा, "बंद

हो जा सिमसिम।" और दरवाजा फिर से बंद हो गया।

हीरे-मोती, सोने-चाँदी के गहने और अशर्फियाँ देखकर कासिम का लालच और भी बढ़ गया। उसने सारे बोरे भरकर गधों पर लाद दिए। फिर भी उसका लालच कम नहीं हुआ। फिर उसने अपनी जेबों में अशर्फियाँ भर लीं। उसे बहुत देर बाद घर लौटने की याद आई। गुफा में बहुत देर रहने के बाद वह गधों को लेकर गुफा के दरवाजे पर आ गया। लेकिन दुर्भाग्य से वह 'खुल जा सिमसिम' कहना भूल गया।

इतनी धन-दौलत को देखकर कासिम अपने होश खो बैठा। उसने अनेक शब्दों का बार-बार उच्चारण किया, लेकिन गुफा का दरवाजा नहीं खुला। वह बहुत परेशान था। तभी उसे घोड़ों के टापों की आवाज सुनाई दी। चोरों को आया जानकर वह घबरा गया और गुफा के एक कोने में जाकर छिप गया।

गुफा का दरवाजा खुला और सारे चोर अंदर आ गए। लेकिन सोने-चाँदी से लदे गधों को देखकर चोरों के होश उड़ गए। उन्होंने शीघ्र ही तलवार निकाली और कासिम के चार टुकड़े करके गुफा की दीवार पर लटका दिया, ताकि उसकी दुर्दशा देखकर कोई भी गुफा के अंदर आने की हिम्मत न कर सके।

रात होने पर भी जब कासिम घर नहीं लौटा तो उसकी पत्नी रोते-रोते अलीबाबा के घर गई और सारी बातें बता दीं। कासिम के घर न लौटने की खबर से अलीबाबा भी घबरा गया और अपनी भाभी को धीरज

बँधाते हुए बोले, "भाभी, तुम चिंता मत करो। मैं कल सुबह ही भाई को खोजने जाऊँगा।"

दूसरे दिन सुबह अलीबाबा गुफा पर पहुँच गया। गुफा की दीवारों पर चार टुकड़ों में लटकी कासिम की लाश को देखकर वह काँप उठा। वह वहाँ एक पल भी नहीं रुका और कासिम की लाश के टुकड़ों को लेकर घर लौट आया। अपने पति की लाश को देखकर कासिम की पत्नी ज़ोर-जोर से रोने लगी। वह स्वयं को कोसने लगी। वह पछता रही थी कि यदि वह लालच न करती तो आज कासिम की यह दुर्दशा नहीं होती।

मरजीना अलीबाबा के घर नौकरानी थी। वह बहुत ही चतुर और बुद्धिमान थी। उसने कहा, "चोरों को जब बड़े मालिक की लाश गुफा में नहीं मिलेगी तो वे उसको खोजेंगे। यदि हमने सबको कासिम की मौत के विषय में बता दिया तो चोर यहाँ आ जाएँगे। उन्हें हमारे ऊपर संदेह हो जाएगा। हमें पहले पूरे नगर में कासिम की बीमारी की खबर फैलानी होगी और बाद में उनकी मौत की खबर फैला देंगे। ऐसा करने से चोरों को संदेह नहीं होगा। किंतु पहले हमें इस कटी हुई लाश को जोड़ना होगा। इस काम की जिम्मेदारी आप मुझ पर छोड़ दीजिए।"

मरजीना रात को एक बूढ़े दरजी की दुकान पर गई। वहाँ दरजी मोमबत्ती में रोशनी में कपड़े सिल रहा था। उसने दरजी को अशर्फियों से भरी दो थैलियाँ दीं और उसे सारी बातें समझा दीं। दरजी भी अशर्फियों को देखकर लालच में आ गया और उसका काम करने के लिए तैयार हो

गया। इसके बाद मरजीना दरजी की आँखों पर काली पट्‌टी बाँधकर उसे अलीबाबा के घर ले आई।

घर पहुँचते ही मरजीना ने दरजी की आँखों से पट्‌टी खोल दी और उसे कासिम की लाश के पास ले गई। बूढ़े दरजी ने कासिम की लाश को इतना बारीकी से सिल दिया कि ध्यान से देखने पर भी किसी को पता नहीं चला। इसके बाद कासिम की बीमारी की सूचना पूरे नगर में फैला दी। कुछ दिन बाद लोगों को पता चला कि बीमारी के कारण कासिम मर गया है।

जब चोर गुफा में वापस लौटे तो वे लाश के टुकड़ों को न देखकर हैरान रह गए। सरदार ने क्रोधित होकर अपने साथियों से कहा, "जाओ, पता लगाओ कि इस महीने कितने आदमियों की मौत हुई है और वे कैसे मरे हैं?"

सरदार की आज्ञा से एक चोर मृतकों के विषय में पता लगाने के लिए नगर में घूमता रहा। शाम को उसने देखा कि वही बूढ़ा दरजी अँधेरे में कुछ सिल रहा था। चोर को दरजी पर संदेह होने लगा। चोर ने दरजी की कारीगरी की इतनी प्रशंसा की कि दरजी खुशी से फूला न समाया और उसने लाश को सिलने वाली बात भी उगल दी। चोर ने अशर्फियों से भरी थैली दरजी को दी और उससे उस घर का पता पूछने लगा, जहाँ उसने लाश को सिला था।

बूढ़ा दरजी बहुत होशियार था। उसने चोर से कहा, "वैसे तो वे मेरी

आँखों पर पट्टी बाँधकर अपने घर ले गए थे। लेकिन मैं तुम्हें वहाँ तक अवश्य ले जा सकता हूँ। मैं अपनी दुकान से उनके घर तक कदम गिनकर चला था। फिर दाएँ और बाएँ कितने मोड़ हैं, मुझे सब मालूम हैं।"

चोर दरजी की आँखों पर पट्टी बाँधकर उसके पीछे-पीछे चल दिया। दरजी ने चोर को अलीबाबा के घर पहुँचा दिया। चोर ने अलीबाबा के दरवाजे पर पहचान के लिए खड़िया से कुछ निशान बनाया और वापस अपनी गुफा में पहुँच गया।

उस समय मरजीना बाजार से कुछ सामान लेकर लौटी थी। जब उसने दरवाजे पर खड़िया से बना निशान देखा तो वह सबकुछ समझ गई। उसने आस-पास के सभी मकानों पर भी खड़िया से वैसा ही निशान बना दिया। रात को जब चोर आए तो सभी दरवाजों पर एक सा निशान देखकर दंग रह गए। वे असली निशान पहचान न सके। उन्हें निराश होकर खाली हाथ लौटना पड़ा।

दूसरे दिन फिर चोर ने दरजी से उस घर का पता पूछा। इस बार चोर ने खड़िया से दरवाजे पर बिलकुल छोटा सा निशान बनाया। वह निशान भी मरजीना ने पहचान लिया और वैसे ही निशान सभी दरवाजों पर बना दिए। चोरों को इस बार भी निराश होकर लौटना पड़ा।

अगले दिन सरदार ने दरजी के साथ जाकर अलीबाबा का घर देख लिया। इसके बाद उसने चालीस तेल के कुप्पे खरीदे। उसने एक कुप्पे में तेल भरा और उनतालीस कुप्पों में अपने आदमी बैठा दिए। एक घोड़े पर

दो कुप्पे बाँध दिए और अलीबाबा से बदला लेने के लिए चल दिया। सरदार ने अपने आदमियों को समझा दिया कि आधी रात को वे सब अलीबाबा के परिवार को मौत के घाट उतार दें। सरदार ने रात होने पर अलीबाबा के घर का दरवाज़ा खटखटाया और कहा, "भाई, मैं तेल का व्यापारी हूँ। रात हो जाने के कारण मैं दूसरे शहर में नहीं जा सकता। कृपया आप मुझे आज की रात अपने घर ठहरने की जगह दे दें।"

अलीबाबा एक नेकदिल इनसान था। उसने सरदार का परिचय जाने बिना ही उसे अपने मेहमानखाने में ठहरने दिया। अलीबाबा ने अपने नौकरों को आज्ञा दी कि सभी तेल के कुप्पों को घर के पीछे वाले बाड़े में रखवा दें। नौकरों के जाने के बाद सरदार ने बाड़े में आकर आदमियों को समझा दिया कि जब वह इशारा करे, तभी सब बाहर निकलें।

उधर अलीबाबा ने मरजीना को मेहमान के लिए भोजन की व्यवस्था करने का आदेश दिया। मरजीना ने देखा कि रसोई में तेल नहीं है। वह व्यापारी के तेल के कुप्पे में से तेल निकालने बाड़े में चली गई। परंतु उसने जैसे ही कुप्पे का ढक्कन उठाया तो अंदर से आवाज आई, "सरदार क्या हम बाहर आ जाएँ?"

मरजीना बहुत चतुर थी। वह समझ गई कि यह तेल का व्यापारी नहीं है, यह तो वही चालीस चोर हैं, जो अलीबाबा को मारने आए हैं। उसने हिम्मत से काम लिया और बोली, "नहीं, अभी नहीं। मेरे कहने पर ही तुम बाहर निकलना। अभी सब जाग रहे हैं। चुपचाप बैठे रहो।"

अंत में मरजीना तेल से भरे कुप्पे के पास गई और एक बड़ा पतीला तेल से भर लाई। उसने तेल को चूल्हे पर रख दिया। जब तेल खौल गया तो मरजीना ने सभी कुप्पों में खौलता तेल डालकर ढक्कन मजबूती से बंद कर दिया। सारे चोर खौलते तेल से जलकर मर गए।

आधी रात को सरदार ने कुप्पों का ढक्कन खोलकर देखा तो उसके सभी साथी मर चुके थे। सरदार क्रोध से आग-बबूला हो गया। वह अकेला

होने के कारण वहाँ से भाग आया। उसने अलीबाबा को मारने का निश्चय कर लिया। सरदार के मन में बदले की भावना ने जन्म ले लिया।

उधर अलीबाबा ने अपने बेटे को शहर में एक कपड़े की दुकान खुलवा दी। जब सरदार को इस बात का पता चला तो उसने अपना भेष बदलकर अलीबाबा के बेटे के पास वाली दुकान खरीद ली। सरदार तो अवसर की तलाश में ही था। वह धीरे-धीरे अलीबाबा के बेटे से मेल बढ़ाने लगा।

दोनों में गहरी दोस्ती हो गई। एक दिन अलीबाबा के बेटे ने सरदार को अपने घर भोजन करने के लिए बुलाया। सरदार उसका निमंत्रण स्वीकार कर अलीबाबा के घर पहुँच गया। सरदार को कोई भी पहचान न सका।

सरदार ने जब कहा कि वह बिना नमक वाली दाल खाएगा तो मरजीना को उस पर संदेह हो गया। उस समय लोग यदि किसी का नमक खा लेते, तो उसके साथ कभी भी नमकहरामी नहीं करते थे। अब मरजीना को पूरा विश्वास हो गया कि वह चोरों का सरदार ही है और अलीबाबा को मारने आया है।

खाने के बाद सरदार ने कुछ देर आराम किया। उसके बाद अलीबाबा ने मेहमान का दिल बहलाने के लिए मरजीना से नृत्य करने के लिए कहा। मरजीना अपने चेहरे पर नकाब डालकर नृत्य करने लगी। मरजीना ने देखा कि सरदार ने अपना खंजर कपड़ों में छिपा रखा है।

मरजीना भी नृत्य करती हुई फलों की टोकरी के पास गई और वहाँ से खंजर उठा लाई। पलक झपकते ही मरजीना ने खंजर सरदार की छाती में उतार दिया। उसने सरदार को अपने कपड़ों में से खंजर निकालने का भी अवसर नहीं दिया।

यह देखकर सभी दंग रह गए। मरजीना ने अलीबाबा की नकली दाढ़ी और कपड़ों में छिपा खंजर सभी को दिखाया। मरजीना के इस कार्य से अलीबाबा बहुत प्रसन्न हुआ और उसने अपने बेटे का विवाह मरजीना के साथ कर दिया। मरजीना अलीबाबा के परिवार की सदस्य बनकर सुखपूर्वक रहने लगी।

अलीबाबा ने बिना किसी लालच के उस गुफा का पता शहर के काजी को बता दिया। काजी ने गुफा की सारी धन-संपत्ति सरकारी खजाने में जमा करा दी। मरजीना ने अपनी बुद्धिमानी से दो बार अलीबाबा के परिवार की जान बचाई और चोरों को मौत के घाट उतार दिया। अलीबाबा मरजीना की इस बुद्धिमानी से बहुत प्रसन्न हुआ।

विचित्र फूल

बहुत पहले किसी शहर में एक धोबी रहता था। वह एक राजदरबारी के कपड़े धोने का काम करता था। सब उसे बुधुआ कहते थे। उसके सगे-संबंधी और पड़ोसी यही सोचते थे कि बुधुआ बहुत बड़ा आदमी है। सभी यही कहते थे, "बुधुआ भैया, तुम राजा से कहकर हमारा काम करा दो।"

एक बार बुधुआ की बहन का बेटा मोहन उसके घर आकर कहने लगा, "मामा, तुम तो बहुत बड़े आदमी हो। मुझे राजमहल में कोई नौकरी दिला दो।"

मोहन अपने मामा के साथ घाट पर जाता और कपड़े धोने में उसकी मदद करता। मोहन खूब मेहनत करता था। बुधुआ भी मोहन को बहुत प्यार करता था। वह खुश होकर मोहन से कहता, "बेटा, मन लगाकर खूब काम करो। एक दिन तुम्हें राजदरबार में नौकरी जरूर मिलेगी।"

एक दिन मोहन ने देखा कि शहर में अफरातफरी मची थी। उधर से राजा की सवारी आ रही थी। सैनिक रास्ते से लोगों को हटा रहे थे। सभी लोग घबराकर इधर-से-उधर भाग रहे थे। राजा को देखने के लिए मोहन एक ओर खड़ा हो गया। उसे यह पता नहीं था कि इस तरह सड़क

पर खड़ा होना अपराध है। तभी सैनिक वहाँ पर आ गया। उसने मोहन को जोर से एक कोड़ा मारा। मोहन जमीन पर गिर पड़ा और उसे चोट भी लगी। मोहन ने उठने का प्रयास किया, लेकिन तब तक राजा की सवारी वहाँ से निकल गई। घर लौटकर मोहन ने अपने मामा को सारी बात बताई। बुधुआ ने कहा, "देखो बेटा, तुम्हें यहाँ देखभाल कर चलना चाहिए। शहर के नियम-कानून गाँव से अलग होते हैं।"

उस रात मोहन सो नहीं पाया। उसे अपनी गलती का पता नहीं था। वह पूरी रात यही सोचता रहा कि सैनिक ने उसे कोड़ा क्यों मारा?वह तो राजा के दर्शन करने के लिए ही सड़क पर खड़ा था। राजा भी तो हमारे जैसा ही इनसान है। उस रात मोहन का मन बहुत उदास हो रहा था।

दूसरे दिन सुबह मोहन किसी को बिना बताए घर से निकल गया। उसे शहर के माहौल से नफरत हो गई और वह जंगल की ओर चल दिया। जब वह चलते-चलते थक गया तो उसे एक टूटा-फूटा कुआँ दिखाई दिया। उसे बहुत जोरों से प्यास लगी थी। किंतु कुएँ में पानी नहीं था। मोहन थककर कुएँ की मुंड़ेर पर बैठ गया।

तभी वहाँ पर एक महात्माजी आ गए। मोहन ने उन महात्मा के चरण-स्पर्श किए। महात्मा बोले, "पुत्र, मैं तेरी सहायता करने के लिए यहाँ आया हूँ। मैं जानता हूँ कि तू एक दिन बड़ा आदमी बनना चाहता है। इस संसार में जो बड़ा काम करता है, वही बड़ा कहलाता है। बड़ा बनने के लिए सिंहासन पर बैठना जरूरी नहीं होता।"

मोहन चुपचाप महात्माजी की ओर देखता रहा। फिर उन्होंने मोहन को अपना कमंडल देकर कहा, "जाओ, पास में ही एक नदी है, इस कमंडल में नदी से पानी भरकर लाओ और कुएँ में डाल दो। ऐसा करने से शायद यह कुआँ पानी से भर जाए।"

इतना कहकर महात्माजी वहाँ से चले गए। मोहन ने सोचा कि महात्माजी की बात मान लेनी चाहिए। वह कमंडल लेकर नदी पर गया और पानी भर लाया। उसने जैसे ही पानी सूखे कुएँ में डाला तो कुआँ पानी से लबालब भर गया। किंतु दूसरे ही पल पानी न जाने कहाँ समाप्त हो गया और कुआँ फिर से सूख गया। मोहन ने यह चमत्कार स्वयं अपनी आँखों से देखा था।

मोहन फिर नदी से कमंडल में जल भरकर लाया और पानी कुएँ में डाल दिया। कुआँ फिर ऊपर तक पानी से भर गया; किंतु दूसरे ही पल कुआँ फिर सूख गया। यह देखकर मोहन को बहुत आश्चर्य हुआ। इस प्रकार मोहन बार-बार कुएँ में पानी डालता रहा, लेकिन कुआँ नहीं भरा।

मोहन कुछ देर तक कुएँ के पास ही खड़ा रहा। तभी उसे कुएँ के अंदर से भीनी-भीनी सुगंध आई। उसने कुएँ के अंदर झाँककर देखा तो वहाँ एक फूल खिला था। मोहन ने देखा कि कुएँ की दीवारों के सहारे कुछ लताएँ उगी थीं। वह उन लताओं का सहारा लेकर नीचे उतर गया और फूल तोड़ लाया। फूल प्राप्त करके मोहन बहुत खुश हुआ।

तभी मोहन की दृष्टि महात्माजी पर पड़ी। महात्माजी ने कहा,

"वत्स, यदि किसी काम को करने का मन में दृढ़ निश्चय हो तो सफलता जरूर मिलती है। यह फूल तुम्हारी मेहनत से ही खिला है। मेरे कहने से आज तक किसी ने भी यह सूखा कुआँ पानी से नहीं भरा।"

मोहन ने आश्चर्यचकित होकर महात्माजी से पूछा, "महाराज, पानी से भरने के बाद यह कुआँ खाली क्यों हो जाता है?"

महात्माजी ने कहा, "यदि कुआँ पानी से भरा रहता तो तुम्हें फूल कभी नहीं मिलता। यह फूल बहुत विचित्र है। इसे सूँघने से मनुष्य की थकान मिट जाएगी और जिसके पास यह फूल होगा, उसे कभी क्रोध नहीं आ सकता। यह फूल हमेशा खिला रहेगा।"

इसके बाद महात्माजी मोहन को एक चट्टान पर ले गए। मोहन ने देखा कि चट्टान के नीचे गहराई में कुछ लोग पत्थर तोड़ रहे थे। महात्माजी ने कहा, "वत्स, ये सभी कैदी निर्दोष हैं। ये रात-दिन पत्थर तोड़ते हैं। इन्हें सेनापति ने पत्थर तोड़ने का दंड दे दिया है। निर्दोष होते हुए भी ये सजा भोग रहे हैं। मैं चाहता हूँ कि तुम इन लोगों की मदद करो।"

निर्दोष कैदियों को पत्थर तोड़ते देखकर मोहन को उन पर तरस आ रहा था। कैदियों के पास जाने का रास्ता बंद था। मोहन ने उनसे दूर से ही बात की। एक कैदी ने मोहन से कहा, "यदि तुम राजा को सच्चाई बता दो तो हमें मुक्ति मिल सकती है। सेनापति ने राजा को बिना बताए ही हमें इस स्थान पर कैद किया है। हम सब बिना अपराध के ही नरक भोग रहे हैं।"

मोहन ने कैदियों को विश्वास दिलाया कि वह राजा को सच्ची बात अवश्य बताएगा। उसने कमंडल में फूल रखा और शहर की ओर चल पड़ा। मोहन अपने मामा के घर न जाकर राजमहल के द्वार पर पहुँच गया। राजमहल के द्वार पर पहरेदार खड़े थे। मोहन ने कहा, "मैं राजा को यह विचित्र फूल भेंट करना चाहता हूँ। तुम यह फूल राजा को देकर कहो कि फूल लानेवाला द्वार पर खड़ा है।"

पहरेदार ने वह फूल ले जाकर राजा को भेंट कर दिया। इसके बाद पहरेदार मोहन को राजा के पास ले गया। मोहन ने देखा कि राजा फूल की सुगंध का आनंद ले रहा था। राजा ने कहा, "यह फूल तुम्हें कहाँ से प्राप्त हुआ है? इसे सूँघने से हमारे सिर का दर्द समाप्त हो गया। कहो, इस फूल के बदले तुम्हें क्या चाहिए?"

मोहन पत्थर तोड़ने वाले कैदियों को इनसाफ दिलाना चाहता था। उसने बिना किसी डर के राजा को उन कैदियों के विषय में सबकुछ बता दिया। मोहन की बात पर विश्वास करके राजा सेनापति के साथ उस चट्टान पर पहुँच गए, जहाँ कैदी पत्थर तोड़ रहे थे। राजा ने सेनापति को डाँटते हुए कहा कि हमने इन्हें कब और किस अपराध में पत्थर तोड़ने का दंड दिया था?

राजा को क्रोधित देखकर सेनापति घबरा गया और चुपचाप खड़ा रहा। राजा की आज्ञा से सैनिकों ने तुरंत सेनापति को बंदी बना लिया। राजा ने सभी निर्दोष कैदियों को रिहा कर दिया। सभी कैदियों ने राजा की

जय-जयकार के नारे लगाए।

राजा ने मोहन की प्रशंसा करते हुए कहा, "देखो तुम्हें मोहन की जय बोलनी चाहिए। इसी के कारण आज तुम रिहा हुए हो। मुझे इस विषय में कोई जानकारी नहीं थी।"

राजा ने पुनः कहा, "मोहन, तुमने आज एक अच्छा काम किया है। इस फूल के बदले तुम मुझसे कुछ भी माँग सकते हो।"

मोहन ने कहा, "महाराज, मुझे कुछ नहीं चाहिए। मैं आपके साथ शहर नहीं जाऊँगा। सबसे पहले मुझे साधु महात्मा को धन्यवाद कहना है, जिनकी कृपा से मुझे यह फूल प्राप्त हुआ है।"

राजा सैनिकों के साथ शहर लौट गया। सभी कैदियों ने मोहन का शुक्रिया अदा करते हुए कहा कि आज से यह जीवन तुम्हारा है। मोहन ने कैदियों को बताया कि यह सब चमत्कार साधु की कृपा से हुआ है। चलो, हम सब मिलकर पहले उन महात्मा को खोजें।

तभी वहाँ पर साधु बाबा भी आ गए। उन्होंने कहा, "मोहन, तुम सचमुच महान् हो। आज से तुम्हारा जीवन अच्छे कार्यों में ही बीतेगा। मैं तुम्हें आशीर्वाद देता हूँ कि एक दिन तुम बड़े आदमी बनोगे।"

इतना कहकर साधु बाबा चले गए। मोहन भी अपने गाँव लौट आया और आजीवन परोपकार के कार्य करता रहा।

सबसे बड़ा दुःख

बहुत पहले की बात है कि फारस देश में एक प्रतापी राजा था। वह बहुत ही धीर, वीर, न्यायप्रिय और प्रजापालक था। वह अपनी प्रजा को बहुत प्यार करता था। उनका बड़ा पुत्र शहरयार और छोटा पुत्र शाहजम्मा भी वीर, पराक्रमी और शीलवान था। दोनों भाइयों में आपस में बहुत प्रेम था।

पिता की मृत्यु के बाद शहरयार को फारस की राजगद्दी पर बैठा दिया गया। शहरयार ने अपनी खुशी से छोटे भाई शाहजम्मा को तातार देश की राजधानी समरकंद भेज दिया। सरकारी खजाने से असीम धन-दौलत, हाथी-घोड़े, सैनिक तथा अन्य आवश्यक वस्तुएँ देकर अपने भाई को विदा किया। इस प्रकार शहरयार फारस और शाहजम्मा तातार देश की सत्ता का भार सँभालने लगा।

दोनों भाई अपने-अपने देश में खुश थे। दस वर्ष बीत जाने पर शहरयार को अपने छोटे भाई की याद सताने लगी। शहरयार ने अपने वजीर को समरकंद भेज दिया, ताकि वह अपने साथ शाहजम्मा को फारस ले आए। शाहजम्मा ने वजीर का बहुत आदर-सत्कार किया।

भाई का संदेश पाकर शाहजम्मा बहुत खुश हुआ और अपने भाई से मिलने के लिए बेचैन हो गया। शाहजम्मा ने शासन की बागडोर अपने

विश्वासपात्र मंत्रियों को सौंप दी और स्वयं फारस जाने की तैयारी में लग गया। अपने भाई के लिए शाहजम्मा ने कीमती उपहार खरीदे और वजीर के साथ फारस के लिए रवाना हो गया।

शाहजम्मा अपने काफिले के साथ समरकंद से बाहर निकला ही था कि जोरों से हिमपात आरंभ हो गया। ऐसी स्थिति में आगे जाना संभव नहीं था, इसलिए उन्होंने वहीं पड़ाव डाल दिया और हिमपात रुकने का इंतजार करने लगे। आधी रात बीत जाने के बाद अचानक हिमपात रुक गया। शाहजम्मा अपनी बेगम से बहुत प्यार करता था। उसने सोचा–'भाई के पास मुझे अधिक दिन भी रुकना पड़ सकता है। यदि मैं फारस जाने से पहले एक बार अपनी बेगम से मिलने चला जाऊँ तो वह मुझे देखकर बहुत प्रसन्न होगी। मुझसे गले मिलकर मेरे दामन को खुशियों से भर देगी।"

इन्हीं विचारों में उलझा हुआ शाहजम्मा घोड़े पर सवार होकर महल की ओर चल दिया। आधी रात को उसने महल के गुप्त दरवाजे से अपने कमरे में प्रवेश किया। लेकिन जब उसने अपनी प्यारी बेगम को महल के नौकर के साथ सोते हुए देखा तो वह दंग रह गया। उसे अपनी बेगम से बेवफाई की आशा नहीं थी। वह अपने क्रोध पर काबू नहीं रख सका। अपनी बेगम का असली चेहरा देखकर वह उससे नफरत करने लगा। तलवार के एक ही वार से उन दोनों को मौत के घाट उतारकर उनकी लाश को खिड़की से बाहर खाई में फेंक दिया। इसके बाद शाहजम्मा

गुप्त रास्ते से ही निकलकर अपने काफिले के साथ फारस देश के लिए रवाना हो गया।

शाहजम्मा फारस पहुँचकर अपने भाई से मिला। दोनों देर रात तक बातें करते रहे। किंतु शाहजम्मा का मन बहुत उदास था। उसकी उदासी को उसके बड़े भाई शहरयार ने भाँप लिया। उसने अपने छोटे भाई को प्रसन्न करने के लिए उत्तम कलाकारों द्वारा गायन और नृत्य का कार्यक्रम पेश कराया। लेकिन कोई लाभ नहीं हुआ।

एक दिन शहरयार ने कहा, "मेरे भाई, तुम किस कारण से उदास हो? अपनी उदासी का कारण मुझे बताओ। मैं तुम्हारी उदासी को दूर करने की पूरी कोशिश करूँगा।"

शाहजम्मा ने कहा, "भाईजान, मैं आप से मिलकर बहुत खुश हूँ। मुझे कोई दुःख नहीं है, आप व्यर्थ में ही मेरी चिंता कर रहे हैं।" इस प्रकार झूठ बोलकर शाहजम्मा ने अपनी उदासी को छिपाने की कोशिश की।

दूसरे दिन शहरयार ने शाहजम्मा से शिकार पर जाने के लिए कहा, किंतु शाहजम्मा ने तबीयत खराब होने का बहाना बनाकर शिकार पर जाने से इनकार कर दिया। विवश होकर शहरयार अपने सैनिकों के साथ शिकार पर चला गया। अपने भाई के जाने के बाद शाहजम्मा खिड़की के पास बैठकर महल में ही बने सुंदर बाग को देखने लगा। उसे बार-बार अपनी बेगम की बेवफाई याद आ रही थी।

शाम होते ही शाहजम्मा ने देखा कि राजमहल के चोर दरवाजे से शहरयार की बेगम बीस दूसरी औरतों के साथ बाग में आ गई। सभी ने सुंदर वस्त्र और आभूषण पहन रखे थे। कुछ ही देर में सभी औरतों ने अपने वस्त्राभूषणों को उतारा तो शाहजम्मा उन्हें देखकर दंग रह गया। औरतों में दस मर्द थे। उन मरदों ने अपनी पसंद की दासियों का हाथ पकड़ लिया।

तभी शहरयार की बेगम ने जोर से 'मसऊद' को पुकारा। एक नौजवान पेड़ से उतरकर आया और उसने बेगम का हाथ पकड़ लिया। शाहजम्मा ने देखा कि आधी रात तक वे सभी बाग में आनंद करते रहे। बाग में पानी की एक बड़ी हौज थी। सभी ने उसमें स्नान किया और कपड़े पहनकर उसी चोर रास्ते से महल में चले गए।

इस दृश्य को देखकर शाहजम्मा ने सोचा कि मेरा बड़ा भाई तो मुझसे भी अधिक दुःखी है। वह ताकतवर होते हुए भी इस दुष्कर्म को नहीं रोक पाया। इस संसार में अकसर ऐसा ही होता है। फिर मैं दुःखी क्यों रहूँ? अब उसने सारी चिंता छोड़ दी। नौकरों से स्वादिष्ट भोजन मँगाकर खाया और नृत्य तथा संगीत का भरपूर आनंद लेने लगा।

शहरयार ने शिकार से लौटकर जब शाहजम्मा को प्रसन्न देखा तो वह भी बहुत खुश हुआ। उसने खुदा का शुक्रिया अदा करते हुए कहा, "ऐ भाई, जब तुम अपनी राजधानी से यहाँ आए तो बहुत दुःखी थे। मैंने सोचा कि तुम्हें अपने राज्य की चिंता है, या फिर अपनी बेगम से बिछुड़ने

का गम है। मैंने तुम्हारे दुःख को दूर करने के लिए गायन-नृत्य, खेल-तमाशे कराए, लेकिन तुम्हारा दुःख दूर नहीं हुआ। मेरे शिकार पर जाने के बाद थोड़े ही समय में तुम्हारी उदासी दूर हो गई। मुझे साफ-साफ बताओ कि तुम्हारी चिंताएँ कैसे दूर हो गईं?"

शहरयार के बार-बार पूछने पर शाहजम्मा ने अपनी बेगम के सारे कारनामे बता दिए। छोटे भाई का दुःख जानकर शहरयार बोला, "भाई, इसमें तुम्हारी कोई गलती नहीं है, तुमने अपनी बेगम को उसके प्रेमी के साथ ही मारकर बहुत अच्छा किया। यदि मैं तुम्हारी जगह होता तो ऐसी बेवफा औरत के साथ-साथ दूसरी हजारों औरतों को भी मौत के घाट उतार देता।"

इसके बाद शहरयार बोला, "भाई, तुमने अपने दुःख का कारण तो मुझे बता दिया। परंतु मैं जानना चाहता हूँ कि तुम्हारा दुःख दूर कैसे हुआ?सारी बात सुने बिना मुझे चैन नहीं आएगा।" बार-बार मना करने पर भी जब शहरयार नहीं माना तो शाहजम्मा ने मसरुद, दसों दासियों और बेगम का किस्सा सुनाते हुए कहा, "भाईजान! यह सब मैंने अपनी आँखों से देखा है। औरतों के स्वभाव की दुष्टता और बेवफाई को मैं अच्छी तरह समझ चुका हूँ। औरतों पर कभी भी विश्वास नहीं करना चाहिए। तुम्हारे जाने के बाद उस कांड को देखकर मेरी सारी चिंताएँ दूर हो गईं।"

अपनी पत्नी के कारनामे सुनकर शहरयार को विश्वास नहीं हुआ।

वह सोचने लगा कि क्या हमारे वंश की सारी औरतें बेवफा हैं? फिर भी मैं जब तक अपनी आँखों से नहीं देखूँगा, सच नहीं मानूँगा। हो सकता है कि शाहजम्मा को कोई भ्रम हो गया हो।

दोनों भाइयों ने सच्चाई का पता लगाने के लिए योजना बनाई कि वे फिर से शिकार पर जाएँगे और रात को फिर से महल में आकर छिप जाएँगे। दूसरे दिन दोनों योजनानुसार शिकार पर चले गए और रात होते ही महल में लौट आए। खिड़की के पास बैठकर दोनों ने देखा कि बेगम बीस औरतों के साथ बाग में आई, जिनमें दस मर्द भी थे, जिन्होंने स्त्रियों के वस्त्र पहन रखे थे। बेगम के पुकारने पर मसऊद भी आ गया। फिर आधी रात तक वे सब बाग में विहार करते रहे।

यह देखकर शहरयार दंग रह गया। वह शाहजम्मा से बोला, "या अल्लाह, मेरी बेगम कितनी बेवफा और पापिन है! इस संसार में दुःख ही दुःख हैं। मुझे इस देश को छोड़कर दूसरे देश में चले जाना चाहिए। मैं जीवन भर इस निंदनीय कार्य के विषय में किसी से कुछ नहीं कहूँगा।"

शाहजम्मा ने अपने बड़े भाई की बात मानते हुए कहा, "भाईजान, मैं तो आपका सेवक हूँ। आपकी आज्ञा का पालन करना मेरा धर्म है। मैं आपके साथ चलने को तैयार हूँ। लेकिन मेरी शर्त है कि यदि आपको कोई व्यक्ति अपने से भी अधिक ऐसे दुःख से पीड़ित मिला तो आप अपने देश को लौट आएँगे।"

शहरयार ने भी अपने छोटे भाई की बात मान ली। इस प्रकार दोनों

नगर से बाहर जंगल की ओर चल दिए। चलते-चलते वे एक नदी के किनारे बनी वाटिका में पहुँच गए। दोनों आराम करने के लिए पेड़ के नीचे लेट गए। तभी उन्हें भयंकर आवाज सुनाई दी। वे दोनों थर-थर काँपने लगे। तभी नदी के जल में एक दरार पड़ गई और उसमें से एक काला खंभा निकल आया। खंभा इतना लंबा था कि उसका ऊपरी भाग बादलों में विलुप्त हो गया।

दोनों भाई डरकर एक पेड़ पर चढ़ गए और मोटी डाल पर बैठकर पत्तों में छिप गए। वह काला खंभा नदी के किनारे आकर एक भयंकर राक्षस के रूप में बदल गया। यह देखकर दोनों भाई भय से थर-थर काँपने लगे। उस दैत्य के सिर पर एक बड़ा संदूक था, जो शीशे से बना हुआ था। उसमें पीतल के चार ताले लगे थे। दैत्य ने उस संदूक को पेड़ के नीचे रख दिया। उसने चाबियों से चारों तालों को खोला तो उसमें से स्वर्णाभूषणों से सुसज्जित एक सुंदर स्त्री निकली।

दैत्य ने उस स्त्री को प्रेम से देखकर कहा, "हे प्रिये, मुझे नींद आ रही है। मैं अब यहाँ सोना चाहता हूँ। मैं जानता हूँ कि जब से मैं तुम्हें विवाह मंडप से उठाकर लाया हूँ, तब से तुम निष्कलंक और मेरे प्रति वफादार रही हो। मुझे तुम पर पूरा भरोसा है।" इतना कहकर वह दैत्य स्त्री की जाँघ पर सिर रखकर सो गया।

दैत्य के सोने के बाद उस स्त्री ने पेड़ पर बैठे दोनों भाइयों को देख लिया और अपने पास बुलाने का इशारा किया। स्त्री ने कहा, "तुम्हें डरने

की आवश्यकता नहीं है। मेरे पास आकर बैठ जाओ। यदि तुम मेरे पास नहीं आए तो मैं दैत्य को जगा दूँगी और वह तुम्हें मार डालेगा।"

उस स्त्री की बात सुनकर दोनों भाई डर गए और पेड़ से नीचे उतर आए। स्त्री ने संदूक में से अट्ठानबे अँगूठियाँ निकालीं और दोनों भाइयों को दिखाते हुए बोली, "ये उन लोगों की निशानियाँ हैं जो मुझसे अब तक मिल चुके हैं। तुम दोनों भी अपनी अँगूठियाँ मुझे दे दो। अब मेरे पास सौ अँगूठियाँ हो जाएँगी। मैंने इस दैत्य को सौ बार धोखा देकर अपनी मनमानी की है। यह मुझे काँच के इस संदूक में बंद करके समुद्र की तलहटी में रखता है। इसके इतनी कड़ी निगरानी रखने पर भी मैं अपनी इच्छा पूरी कर लेती हूँ। स्त्री जो चाहती है, उसे वह पूरा कर ही लेती है।"

इसके बाद उस स्त्री ने जाने का इशारा कर दिया। स्वयं स्त्री उस दैत्य के पास आ गई। दोनों भाइयों ने सोचा कि यह राक्षस तो हमसे भी अधिक दुःखी है। इस प्रकार दोनों भाई फारस लौट आए। शाहजम्मा भी कुछ दिन फारस में रहकर अपने देश लौट आया।

शाहजम्मा के जाने के बाद शहरयार के विचार स्त्रियों के प्रति बिलकुल ही बदल गए। उसने एक सामंत की बेटी के साथ निकाह किया और उसके साथ एक रात बिताकर सुबह होते ही उसे मरवा दिया। फिर उसने दूसरे अमीर की बेटी से निकाह किया और दूसरे दिन मरवा दिया। फिर अमीर शहरयार ने सैकड़ों अमीरों, सामंतों और सरदारों की बेटियों से निकाह किया और उन्हें मार डाला।

शहरयार के इस अन्याय की चर्चा चारों ओर फैल गई। अमीरों की बेटियों को मारने के बाद अब सामान्य लोगों की बेटियों की बारी आ गई। अपनी बेटियों की रक्षा करने के लिए लोग शहर छोड़कर दूसरे देशों में जाकर बस गए। चारों ओर शोक की लहर फैल गई। कुँआरी लड़कियों के माता-पिता दुःखी और परेशान हो गए।

वहाँ के मंत्री की शहरजाद और दुनियाजाद नाम की दो कुँआरी बेटियाँ थीं। शहरजाद बहुत सुंदर और बुद्धिमान थी। वह किसी भी बात को भूलती नहीं थी। उसे अनेक कविताएँ, कहानियाँ और सूक्तियाँ जुबानी याद थीं। वह गद्य और काव्य की रचना करने में भी निपुण थी।

एक दिन शहरजाद ने अपने पिता से कहा, "अब्बा हुजूर, मैं आपसे कुछ कहना चाहती हूँ। इस मुल्क के बादशाह अपने ही मुल्क की बहन-बेटियों पर बहुत अत्याचार कर रहे हैं। मैं स्वयं बादशाह से निकाह करके उनके द्वारा किए गए जुल्मों का सिलसिला रोकना चाहती हूँ।"

पुत्री की बात सुनकर मंत्री का हृदय काँप उठा। उसने अपनी पुत्री को समझाते हुए कहा, "बेटी, तू शायद बादशाह के प्रण को नहीं जानती। पागलपन की बातें मत कर। बेकार में अपनी जान गँवा बैठेगी। मैं तुम्हें मौत के मुँह में नहीं जाने दूँगा।"

शहरजाद अपनी जिद पर अड़ी रही। विवश होकर मंत्री बादशाह के पास गया और दुःखी होकर बोला, "बादशाह, मेरी पुत्री आपके साथ निकाह करना चाहती है। उसकी खुशी इसी बात में है कि वह एक रात

के लिए आपकी दुलहन बनकर सुबह मौत के मुख में चली जाए।"

बादशाह को मंत्री की बात पर बहुत आश्चर्य हुआ। बादशाह ने कहा, "मंत्रीजी, सबकुछ जानते हुए भी आपने अपनी पुत्री के लिए ऐसा कठोर निर्णय क्यों लिया? तुम मेरे मंत्री हो, यह सोचकर मैं अपना प्रण नहीं बदल सकता। सुबह होते ही तुम्हारे ही हाथों तुम्हारी बेटी की हत्या करवा दूँगा। यदि तुमने अपनी पुत्री की हत्या करने में जरा भी देर की तो मैं तुम्हें भी मरवा डालूँगा।"

बादशाह की बात सुनकर मंत्री घबरा गया। धैर्य धारण करते हुए मंत्री ने कहा, "महाराज, मैं भी आपका सेवक हूँ। आपकी आज्ञा का पालन करना मेरा धर्म है। बेटी की मृत्यु का दुःख होना तो स्वाभाविक हैं, किंतु मैं अपने कर्तव्य से पीछे नहीं हटूँगा।"

मंत्री का दृढ़ निश्चय देखकर बादशाह शहरयार ने मंत्री की बेटी शहरजाद से विवाह करने की अनुमति दे दी। दुःखी मन से मंत्री अपनी बेटी के पास आ गया। विवाह का समाचार सुनकर शहरजाद ने कहा, "अब्बा, आप दुःखी न हों। बादशाह के साथ मेरा निकाह करके आपको पश्चात्ताप नहीं होगा। यदि भगवान ने चाहा इस मुल्क से हत्याओं का सिलसिला हमेशा के लिए बंद हो जाएगा। मेरे इस कार्य से आप जीवनपर्यंत प्रसन्न रहेंगे।"

इसके बाद शहरजाद ने अपनी छोटी बहन दुनियाजाद से कहा, "जब मैं बादशाह से विवाह करके चली जाऊँ तो तुम दुःखी मत होना।

मुझे तुम्हारी सहायता चाहिए। मैं बादशाह से कहकर विवाह की रात तुम्हें अपने पास सुला लूँगी। मैं बादशाह से कहूँगी कि मैं मरने से पहले अपनी बहन को धीरज बँधाना चाहती हूँ। जब एक पहर रात रह जाए तो तुम मेरे पास आकर कहना कि मुझे नींद आ रही है, इसलिए कोई कहानी सुना दो। इसके बाद मैं तुम्हें कहानी सुनाऊँगी। मुझे पूरा यकीन है कि ऐसा करने से मेरी जान बच जाएगी।"

बादशाह का मंत्री की बेटी से निकाह हो गया। पति-पत्नी दोनों अपने कमरे में चले गए। जब बादशाह ने शहरजाद का नकाब हटाया तो उसके सौंदर्य को देखकर वह आश्चर्यचकित हो गया। अपनी पत्नी की आँखों में आँसू देखकर बादशाह उसके रोने का कारण पूछने लगा। शहरजाद ने रोते हुए कहा, "महाराज, मैं अपनी छोटी बहन से बहुत प्यार करती हूँ। यदि आप आज्ञा दें तो आज की रात मैं उसे अपने कमरे में सुला लूँ, ताकि मरने से पहले हम दोनों पहले अंतिम बार गले मिल लें।" बादशाह ने दुनियाजाद को अपने कमरे में सोने की आज्ञा दे दी।

राजा की आज्ञा से दुनियाजाद उसी कमरे में छोटे पलंग पर सो गई। एक पहर रात शेष रह जाने पर दुनियाजाद ने अपनी बहन शहरजाद से कहा, "बहन, मेरा मन बहुत दुःखी है, मुझे नींद नहीं आ रही। तुम्हारी मृत्यु की कल्पना से मैं सारी रात सो नहीं पाई। अंतिम बार मुझे एक कहानी सुना दो, ताकि मेरा मन बहल जाए।"

शहरजाद ने बादशाह से आज्ञा लेकर अपनी छोटी बहन को यह

कहानी सुनाई। कहानी बादशाह को भी बहुत अच्छी लगी। अब तो शहरजाद बादशाह को रोज ऐसी ही दिलचस्प कहानी सुनाने लगी। अलादीन का जादुई चिराग, अलीबाबा और चालीस चोर की कहानी भी बादशाह को सुनाई। शहरजाद एक हजार एक रात तक बादशाह को कहानियाँ सुनाती रही। कहानियाँ सुनकर स्त्रियों के प्रति बादशाह के विचार बदल गए।

बादशाह को यकीन हो गया कि जिस प्रकार सभी आदमी वफादार नहीं होते, उसी प्रकार सभी स्त्रियाँ भी बेवफा नहीं होतीं। इसके बाद बादशाह ने शहरजाद को हमेशा के लिए अपनी बेगम कबूल कर लिया। फिर पति-पत्नी दोनों आजीवन राजसत्ता का सुख भोगते रहे।

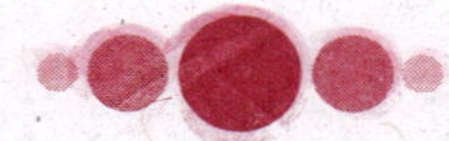

काले द्वीपों का बादशाह

बहुत पहले की बात है। एक राजा जंगल में शिकार करने निकला। सुबह से शाम तक हिरण का पीछा करते-करते वह रास्ता भटक गया। जंगल में राजा को एक विचित्र तालाब दिखाई दिया, जिसमें अनेक रंग-बिरंगी मछलियाँ तैर रही थीं। राजा ने पहले कभी उस तालाब को न तो देखा था और न ही किसी से उसके विषय में सुना था। हैरानी की बात तो यह थी कि राजा को वहाँ पर एक शानदार और विशाल महल भी दिखाई दिया। उत्सुकतावश राजा उस महल में चला गया। महल के अंदर राजा को आश्चर्यचकित करने वाली अनेक चीजें दिखाई दीं।

तभी राजा को एक करुण स्वर सुनाई दिया। ध्यानपूर्वक सुनने पर पता चला कि कोई मनुष्य रो-रोकर अपनी करुण कथा सुनाने हुए अपने भाग्य को कोस रहा था। फिर राजा ने धीरे से उस कमरे का परदा उठाया। वहाँ पर एक नौजवान के पास जाकर उसके रोने का कारण पूछा।

वह नौजवान बोला, “मुझे क्षमा कीजिए, मैं आपके पास आने में असमर्थ हूँ।” इतना कहकर उस नौजवान ने अपना कपड़ा उठा दिया। राजा यह देखकर दंग रह गया था कि उस आदमी का नाभि से ऊपर का भाग तो जीवित था, लेकिन नीचे का भाग काले पत्थर का था।

यह दृश्य देखकर तो राजा की हैरानी और भी बढ़ गई। राजा ने

कहा, “अरे युवक! हम तुम्हारे शिष्टाचार से बहुत प्रसन्न हैं। तुम्हारी यह हालत देखकर हमें बहुत दु:ख पहुँचा है। हम जानना चाहते हैं कि आपका दु:ख किस प्रकार दूर हो सकता है? हम तालाब और मछलियों के विषय में सबकुछ जानने को उत्सुक हैं। यहाँ की हर वस्तु को देखकर हमारी उत्सुकता बढ़ती जा रही है। यदि आप अपनी करुण-कथा मुझे सुनाएँगे तो शायद आपका दु:ख कम हो जाए।”

राजा की स्नेहपूर्ण बातें सुनकर उस युवक ने बताया कि मेरे पिता काले द्वीपों के अधिपति थे। उनका नाम महमूद शाह था। चार विख्यात पर्वत ही काले द्वीप हैं, जहाँ रंगीन मछलियों से भरा तालाब है, वहीं पर उसकी राजधानी थी। पिता की मृत्यु के बाद मुझे राजगद्दी पर बैठा दिया गया। चाचा की बेटी और मैं दोनों एक-दूसरे से बहुत प्यार करते थे। हम दोनों ने विवाह कर लिया। पाँच साल तक मैं अपनी पत्नी के साथ सुख से रहा। धीरे-धीरे मुझे अनुभव हुआ कि मुझे वह पहले की तरह प्यार नहीं करती। उसका प्यार मेरे प्रति कम होता जा रहा था। एक दिन वह स्नान करने के लिए स्नानगृह गई थी और मैं अपने कमरे में लेटा था। तभी दो दासियाँ मेरे पास आईं और मुझे पंखा झलने लगीं।

दासियों ने समझा कि मैं सो रहा हूँ। लेकिन मैं तो सोने का नाटक कर रहा था। तभी वे दासियाँ आपस में बातें करने लगीं। एक दासी ने कहा, “हमारी स्वामिनी बहुत दुष्टा और पापिन है। ऐसे सुंदर, सुशील पति से उसे जरा भी प्यार नहीं है। वह रोज इनके शर्बत में नशा मिलाकर पिला

देती है। इनके बेहोश होने के बाद वह न जाने कहाँ चली जाती है। बेचारे बादशाह को कुछ पता ही नहीं चलता। यह दुष्टा दिन निकलने से पहले इन्हें होश में लाने के लिए कोई सुगंध सुँघाती है।"

दासियों की बातें सुनकर मुझे बहुत क्रोध आया। लेकिन मैंने अपने क्रोध पर काबू रखा। मैं अँगड़ाई लेकर इस प्रकार उठा जैसे सचमुच नींद से जागा हूँ। रात के भोजन के बाद रानी रोज की तरह ही मेरे लिए एक प्याले में शर्बत ले आई। मैंने रानी से आँख बचाकर सारा शर्बत खिड़की से बाहर फेंक दिया। हम दोनों एक ही पलंग पर लेट गए। मैं सोने का नाटक करने लगा। रानी ने समझा कि मैं सचमुच सो गया हूँ। फिर रानी ने एक मंत्र पढ़ते हुए मेरी ओर मुँह फेरते हुए कहा, "तू ऐसा सो जा कि कभी न जाग सके।"

फिर चमकीले वस्त्र पहनकर जब रानी कमरे से बाहर निकली तो मैं भी हाथ में तलवार लेकर उसका पीछा करने लगा। मुझे उसके पैरों की आवाज साफ-साफ सुनाई दे रही थी। मैं बहुत धीरे-धीरे चल रहा था, ताकि उसे कोई संदेह न हो। वह कई दरवाजों से होकर निकली। दरवाजों में लगे तालों को उसने अपनी मंत्रशक्ति से खोल दिया। अंतिम दरवाजे से निकलकर वह बाग में चली गई, किंतु मैं छिपकर देखने लगा। बाग से निकलकर वह झाड़ियों से घिरे वन में चली गई। मैं भी दूसरे रास्ते से वन में चला गया और अपनी बेगम को चारों ओर देखने लगा।

वह एक हब्शी गुलाम के साथ हाथ में हाथ डालकर टहल रही

थी। वह उस पुरुष से शिकायत कर रही थी–'तुम तो मुझे ही बुरा समझते हो। मैं तुम्हें अपनी जान से भी अधिक प्रेम करती हूँ। तुम तो मुझसे बात करना भी पसंद नहीं करते। तुम मेरी शक्ति से भली-भाँति परिचित हो। मैं सूर्योदय से पहले ही सारे महलों को नष्ट कर सकती हूँ। फिर यह तुम्हें उल्लू और भेड़िये के अलावा कुछ भी दिखाई न देगा। महलों में लगे पत्थरों को भी कोहकाफ पर्वत पर भेज सकती हूँ। इतनी शक्तिशाली होते हुए भी मैं तुम्हारे प्रेम में विवश हूँ। तुम्हें तो मेरी तनिक भी चिंता नहीं है।"

मैं जिस झाड़ी के पीछे छिपा था, वे दोनों भी टहलते हुए वहीं पर आ गए। वहाँ पर अँधेरा था। मैंने उस हब्शी गुलाम की गरदन पर जोर से तलवार का वार किया। वह बेचारा वहीं पर गिर पड़ा। उसे मरा समझकर मैं वहाँ से भाग आया। मैंने अपनी बेगम को कुछ भी नहीं कहा।

अपने प्रेमी को घायल देखकर बेगम व्याकुल हो गई। बेगम ने मंत्रों की शक्ति से अपने प्रेमी की जान तो बचा ली, लेकिन उसे पूर्णरूप से स्वस्थ न कर सकी। उसको न तो जीवित कह सकते थे और न ही मृत। बेगम अपने घायल प्रेमी के पास बैठी रोती रही। मैं बेगम को उसी अवस्था में छोड़कर अपने कमरे में आया और सो गया।

दूसरे दिन सुबह मैंने देखा कि बेगम मेरे पास सो रही थी। वास्तव में वह भी सोने का नाटक कर रही थी। मैंने अपने दैनिक कार्य पूरे किए और दरबार में चला गया। शाम को मैंने महल में आकर देखा कि बेगम ने

काले वस्त्र पहन रखे थे। वह अपने बिखरे बालों को नोंच रही थी। मैंने बेगम से उसके संताप का कारण पूछा।

बेगम बोली, "महाराज, मुझे आज तीन शोक समाचार मिले हैं।" मेरी माता की मृत्यु हो गई और पिताजी युद्ध में शहीद हो गए। मेरा भाई भी छत से गिरकर मर गया। यही कारण है कि मैं काले कपड़े पहनकर मातम मना रही हूँ।"

मैंने कहा–"बेगम, तुम्हें अपने संबंधियों की मृत्यु पर शोक करना ही चाहिए। वास्तव में ये समाचार बहुत ही बुरे हैं।"

फिर बेगम अपने कमरे में चली गई। वह एक साल तक इसी प्रकार रोती रही। मैंने कभी उसे समझाने की कोशिश नहीं की। कुछ दिन बीत जाने पर उसने एक मकबरा बनवाकर उसमें रहने की इच्छा प्रकट की। उसने मकबरे के समान बड़ी गुंबद वाली एक शानदार इमारत बनवाई। बेगम ने उसका नाम 'शोकागार" रखा। इसके बाद बेगम ने अपने घायल प्रेमी को उसमें रखा और स्वयं भी वहीं रहने चलने गई।

बेगम अपने घायल प्रेमी को रोज औषधि खिलाती और उस पर जादू-मंत्र करती थी। मंत्रों की शक्ति के बल पर उसके प्रेमी की साँसें ही अटकी थीं। वह चलने और बोलने की स्थिति में नहीं था। वह केवल बेगम को एकटक देखता रहता था। बेगम अपने प्रेमी के पास बैठकर घंटों बातें करती थी। मैं सबकुछ जानते हुए भी अनजान बना रहा।

एक दिन मैं उत्सुकतावश मकबरे में जाकर छिप गया। मैं जानना

चाहता था कि आखिर बेगम यहाँ आकर क्या करती है?मैं बेगम और उसके प्रेमी की सारी बातें सुनना चाहता था। मैं एक ऐसे स्थान पर छिपा था, जहाँ से मुझे कोई देख न सके और मैं उन दोनों की सारी बातें सुन सकूँ।

बेगम अपने प्रेमी के सामने रोते हुए कह रही थी–'मेरे प्राण, मेरे जीवनाधार, तुम्हें इस हालत में देखकर मुझे बहुत दुःख होता है। तुम्हारे सामने मैं कई घंटे बैठी बातें करती हूँ, लेकिन तुम मेरी एक बात का भी जवाब नहीं देते। यदि तुम मुझसे बातें करोगे तो मुझे बहुत खुशी होगी।"

मैं अपनी बेगम के करुण विलाप को सहन नहीं कर सका और महल लौट आया। कुछ देर बाद जब बेगम वापस आई तो मैंने उसे समझाते हुए कहा, "बेगम, अब दुःखी मत हो। शोक-संताप छोड़ दो और महल में आकर रहो।" इस प्रकार मेरे बार-बार समझाने पर भी उसने रोना-पीटना नहीं छोड़ा। जब मैं उसे समझाकर थक गया तो मैंने उसे उसके हाल पर छोड़ दिया।

बेगम दो वर्ष तक इसी प्रकार शोक मनाती रही। एक दिन मैं फिर बेगम की बात सुनने के लिए शोकागार में छिपकर बैठ गया। बेगम प्रेमी के सामने कह रही थी–"प्रियतम, पिछले दो वर्षों में तुमने मुझसे एक बार भी बात नहीं की। मेरे विलाप और रोने-चिल्लाने का तुम पर कोई प्रभाव नहीं पड़ता। मैं तुम्हारे प्रेम में तड़प रही हूँ और तुम मुझे देखकर अपनी आँखें बंद कर लेते हो।"

बेगम की बातें सुनकर मैं क्रोध से तिलमिला उठा। मैं मकबरे से बाहर आ गया और गुंबद की ओर मुँह करके जोर से बोला, "ओ गुंबद, यह स्त्री और इसका प्रेमी दोनों मनुष्य रूप में राक्षस हैं। इन्हें जीवित रहने का कोई भी अधिकार नहीं है। तुम इन्हें निगल क्यों नहीं लेते।"

बेगम मेरी आवाज सुनकर क्रोध से अंधी होकर बाहर आई और बोली, "दुष्ट, पापी, तेरे ही कारण मेरे प्रेमी की यह दुर्दशा हुई है। मेरा प्रेमी घायल पड़ा है और मैं शोक से पीड़ित हूँ।"

बेगम की बातें सुनकर मैंने कहा, "तूने मेरी सारी इज्जत मिट्टी में मिला दी है। तुझे और तेरे प्रेमी को इस संसार में जीवित रहने का कोई अधिकार नहीं है। मैं तेरे प्रेमी को तो दंड दे चुका हूँ। अब तेरी बारी है।" इतना कहकर मैंने बेगम को मारने के लिए तलवार खींच ली। उस दुष्टा ने अपने जादू के द्वारा मेरा हाथ वहीं पर रोक दिया। वह कोई मंत्र पढ़कर बोली, "अब तू मेरे मंत्र की शक्ति का कमाल देख। मेरी आज्ञा से तू कमर से ऊपर जीवित मनुष्य रहेगा और कमर से नीचे पत्थर का बन जाएगा।"

उसके कहते ही मैं ऐसा बन गया। फिर उसने मुझे यहाँ लाकर रखवा दिया। मेरे नगर को उसने बरबाद कर दिया। मेरी प्रजा और दरबारी सभी को उसने मछलियाँ बना दिया। सफेद रंग वाली मछलियाँ मुसलमान, काली मछलियाँ ईसाई, लाल रंग की मछली अग्निपूजक और पीले रंग वाली मछलियाँ यहूदी हैं। चार काले द्वीप, जिनका मैं राजा था,

उन्हें टीले बनाकर तालाब के चारों ओर स्थापित कर दिया। मुझे आधा पत्थर का बनाकर और मेरे देश को उजाड़ने के बाद भी उसका क्रोध कम नहीं हुआ है।

इतने पर भी वह दुष्टा रोज यहाँ आकर मेरी पीठ और कंधों पर जोर-जोर से सौ कोड़े मारती है। फिर खुरदरी काली कमली मेरे कंधों पर डाल देती है और ऊपर से सोने की तारकशी से बना भारी लबादा डाल देती है। मेरा मजाक उड़ाकर मुझे दुःख पहुँचाने के लिए कहती है–'दुष्ट, चार द्वीपों का बादशाह होते हुए भी तू स्वयं को इस अपमान और पीड़ा से नहीं बचा सकता। तुझे तो जितना भी कष्ट दिया जाए, कम ही है।"

इसके बाद काले द्वीपों का बादशाह आकाश की ओर दोनों हाथ करके बोला, "हे भगवान! क्या तुम चाहते हो कि मुझ पर इसी प्रकार अत्याचार होता रहे?मुझे तुम पर पूरा विश्वास है कि एक दिन तुम्हें मुझ पर दया आएगी और मेरे सारे दुःख दूर हो जाएँगे।"

वहाँ आने वाले बादशाह ने नौजवान राजा की कहानी सुनी तो उसे बहुत दुःख हुआ और वह उसका दुःख दूर करने के बारे में सोचने लगा। आगंतुक बादशाह ने कहा, "तुम सचमुच दया के योग्य हो। तुम चिंता मत करो। मैं तुम्हारा दुःख दूर करने का प्रयत्न अवश्य करूँगा। तुम केवल मुझे अपनी दुष्ट बेगम और उसके प्रेमी का पता बता दो, ताकि मैं उन दोनों को उचित दंड दे सकूँ।"

नौजवान बादशाह बोला, "वह दुष्ट जादूगरनी बेगम कहाँ रहती है,

इसका पता तो मुझे भी नहीं है। शोकागार का एक रास्ता इस कमरे के नीचे से होकर जाता है। वह रोज सुबह मुझे दंड देने के बाद अपने प्रेमी के पास जाकर उसे अर्क पिलाती है, ताकि वह जीवित रह सके।"

इसके बाद वह आगंतुक बादशाह उसी कमरे में सो गया। सुबह गुप्त मार्ग से शोकागार में जाकर उसने देखा कि वहाँ पर सैकड़ों सोने के दीपक जल रहे थे। शोकागार पूरी तरह सजा था। धीरे-धीरे आगंतुक बादशाह दुष्ट बेगम के अधमरे प्रेमी के पास गया और उसे तलवार के एक ही वार से मौत के घाट उतार दिया। प्रेमी के शव को बादशाह ने शोकागार के पिछवाड़े बने कुएँ में फेंक दिया। इसके बाद बादशाह दुष्ट बेगम को मारने के लिए उसके प्रेमी के स्थान पर लेट गया और तलवार अपने पास छुपा ली।

थोड़ी देर में बेगम काले द्वीपों के बादशाह के पास आई और बेदर्दी से पीटने लगी। वह बेचारा चीखता-चिल्लाता रहा, दया की भीख माँगता रहा, लेकिन बेगम को उसके ऊपर जरा भी दया नहीं आई। उसने सौ कोड़े मारकर ही दम लिया। उसकी करुण पुकार सुनकर तो उस इमारत की दीवारें भी गूँजने लगीं। फिर उसके कंधों पर वही खुरदरी कमली और उसके ऊपर सोने के तारों से जड़ा लबादा डाल दिया। इसके बाद बेगम शोकागार में आकर बैठ गई, जहाँ उसका प्रेमी लेटा था। परंतु अब उसके प्रेमी के स्थान पर आगंतुक बादशाह लेटा था।

बेगम रोते हुए बोली, "प्रियतम, तुम मुझे अपने दुःखों का कारण

समझते हो। मेरे दुष्ट पति ने तुम्हारी ऐसी दुर्दशा की है। मैंने इस अपराध के लिए उस पर कठोर अत्याचार किए हैं। मैं तो उसे और भी कठोर यातनाएँ देना चाहती हूँ। लेकिन तुम मुझसे कुछ बोलते ही नहीं। तुम्हारी चुप्पी देखकर तो मेरा दिन का चैन और रात का आराम हराम हो गया है। यदि तुम मुझसे नहीं बोले तो मैं तड़प-तड़पकर मर जाऊँगी। मैं चाहती हूँ कि तुम मुझसे बातें करो, तभी मेरा दुःख शांत होगा।"

इसके बाद बादशाह ने बहुत ही धीरे-धीरे कुरान शरीफ की आयतें पढ़ीं। 'लाहौल बिला कुब्वत' जैसी आयतें पढ़ने से शैतानी शक्ति भाग जाती है। परंतु बेगम आवाज सुनकर ही खुश हो गई। बेगम कहने लगी, "प्यारे, तुम बोल रहे थे या मुझे भ्रम हुआ है।"

आगंतुक बादशाह हब्शियों की आवाज में बोला, "मैं तुमसे बात नहीं करना चाहता। तुम्हारे पति के चीखने-चिल्लाने से मुझे नींद नहीं आती। यदि मैं आराम से सोता तो कभी का ठीक हो जाता और तुमसे प्यार भरी बातें करता। तुम तो बहुत जिद्दी हो और किसी की बात सुनना नहीं चाहती। एक तो अपने पति को तुमने पत्थर का बना दिया, ऊपर से उसे इतना मारती हो कि वह दर्द के कारण न तो खुद सोता है और न मुझे ही सोने देता है। मैं चाहता हूँ कि तुम उसे पहले जैसा करके उसे दुःख से मुक्त कर दो, ताकि उसके रोने-पीटने से मेरे आराम में बाधा उत्पन्न न हो।"

बेगम ने कहा, "प्रियतम, यदि तुम मेरे पति को रोते-कराहते नहीं

देख सकते तो मैं उसे अभी पहले जैसा किए देती हूँ।" इसके बाद बेगम ने शोकागार के कमरे में से एक प्याले में पानी लिया और उस पर ऐसा मंत्र फूँका कि पानी जोर से उबलने लगा। फिर उसने उस पानी को पति पर छिड़ककर कहा, "मेरे मंत्रों की शक्ति से तू अपने पहले रूप में आ जा। यदि तुझे अपनी जान प्यारी है तो यहाँ से तुरंत भाग जा, वरना तुझे जीवित नहीं छोड़ूँगी।"

इसके बाद बेगम फिर से शोकागार में चली आई। वह नौजवान बादशाह भी उत्सुकता के कारण उसी इमारत में छिप गया। फिर बेगम अपने प्रेमी के पास बैठकर कहने लगी कि मैंने तुम्हारी इच्छा पूरी कर दी है। अब मुझे प्रसन्न करने के लिए तुम भी उठकर बैठ जाओ।

आगंतुक बादशाह ने कहा, "प्रिये, तुम्हारे ऐसा करने से मुझे बहुत आराम मिला है। किंतु तुम्हारे अत्याचार जब तक दूर नहीं होंगे, तब तक मुझे चैन नहीं मिलेगा। तुमने इस नगर को उजाड़कर उसके निवासियों को मछलियाँ बना रखा है। यही मछलियाँ आधी रात को पानी से सिर निकालकर हमें कोसती हैं। यही कारण है कि मैं पूरी तरह से स्वस्थ नहीं हो पा रहा हूँ। इस शहर और यहाँ के निवासियों को पहले जैसा कर दो और मुझसे बातें करो। तब मैं पूर्ण रूप से स्वस्थ हो जाऊँगा।"

इसके बाद बेगम ने थोड़ा सा जल अभिमंत्रित किया और तालाब के जल में डाल दिया। ऐसा करने पर तालाब की मछलियाँ नर-नारी बन गए और तालाब के स्थान पर मकान, सड़क और दुकानों से सुसज्जित

नगर बन गया। सबकुछ पहले जैसा करने के बाद बेगम अपने प्रेमी के पास आकर बोली, "प्यारे, तुम्हारी खुशी के लिए मैंने सबकुछ पहले जैसा कर दिया। मुझे विश्वास है कि अब तुम पहले जैसे स्वस्थ और निरोगी हो गए होगे। अब तुम जल्दी से उठो, मेरे हाथ में अपना हाथ दे दो।"

इसके बाद वह आगंतुक बादशाह हब्शी के स्वर में बोला, "प्रिये, तुम मेरे बिलकुल पास आओ।" जैसे ही बेगम उसके पास आई तो बादशाह ने उसका हाथ जोर से पकड़कर तलवार से टुकड़े-टुकड़े कर दिए और बेगम की लाश को उसके प्रेमी के पास कुएँ में फेंक दिया।

बेगम और उसके प्रेमी को मारकर आगंतुक बादशाह काले द्वीपों के बादशाह के पास चला गया। आगंतुक बादशाह ने काले द्वीपों के बादशाह से कहा, "अब तुम्हें जादूगरनी बेगम से डरने की आवश्यकता नहीं है। अब वह मर चुकी है। तुम भी मेरे साथ हमारे नगर चलो। कुछ दिन वहाँ आराम करके काले द्वीप को चले जाना। मेरा नगर पास में ही है।"

काले द्वीपों के बादशाह ने कहा कि उस जादूगरनी ने मेरे देश को अपनी मंत्रशक्ति से तुम्हारे नगर के नजदीक पहुँचा दिया था। वरना तुम्हारे नगर को एक वर्ष बाद ही पहुँचा जा सकता है।

आगंतुक बादशाह ने काले द्वीप के बादशाह से कहा, "यदि तुम मेरे साथ मेरे नगर चलना नहीं चाहते तो कोई बात नहीं है। लेकिन मेरे

कोई पुत्र नहीं है। मैं तुम्हें अपने देश का युवराज बनाना चाहता हूँ, ताकि तुम मेरी मृत्यु के बाद मेरा राज्य सँभाल लो।"

काले द्वीपों के बादशाह ने आगंतुक बादशाह की बात मान ली और उसके साथ चलने की तैयारी करने लगा। उसने सौ ऊँटों पर कीमती उपहार लदवाए और खजाने तथा सेना के साथ आगंतुक बादशाह की राजधानी की ओर प्रस्थान कर दिया। जब उनका काफिला राजधानी से थोड़ी दूर रह गया तो बादशाह के लौटने की सूचना पाकर सभी नगरवासी उनके स्वागत के लिए नगर के बाहर आ गए।

सभी दरबारियों और प्रजाजनों ने राजा के सकुशल लौटने पर भगवान का शुक्रिया अदा किया। नगरवासियों ने अपने बादशाह का हार्दिक अभिनंदन किया।

बादशाह ने काले द्वीपों के बादशाह को युवराज घोषित कर दिया। दो दिन बाद बादशाह ने काले द्वीपों के बादशाह को युवराज बना दिया। इस शुभ अवसर पर अपने नए युवराज को दरबारियों और सामंतों ने कीमती उपहार भेंट किए। इस प्रकार काले द्वीपों के बादशाह के सारे दु:ख समाप्त हो गए। शेष जीवन उसने हँसी-खुशी के साथ बिताया।

तलवार का जादू

बहुत पहले रामलाल नाम का एक बूढ़ा भैंरोपुर गाँव में रहता था। गरीबी और चिंता के कारण वह समय से पहले ही बूढ़ा हो गया था। भगवान की कृपा से उसके पास धन-दौलत की कोई कमी नहीं थी। दुर्बुद्धि, बुद्धि, वक्रबुद्धि और प्रताप नाम के उसके चार पुत्र थे। उसके तीनों बड़े बेटों में बुद्धि तो लेशमात्र को भी नहीं थी, परंतु शारीरिक रूप से हट्टे-कट्टे थे। तीनों ही अपने छोटे भाई को परेशान करते थे। वे न तो पिता की आज्ञा का पालन करते थे और हमेशा लड़ते रहते थे।

प्रताप एक आज्ञाकारी बेटा था। वह अपने पिता की सेवा करता और उन्हें हर तरह से खुश रखता था। वह गरीबों की सहायता करता था। प्रताप के तीनों बड़े भाई अमीरों के साथ रहने से घमंडी हो गए थे। वे गरीबों पर अत्याचार करते। उनके दिल में गरीबों के प्रति कोई हमदर्दी नहीं थी। वे पिता के धन को फिजूल खर्च करते थे। पिता ने उन्हें कई बार समझाया किंतु उन्होंने बुरी आदतें नहीं छोड़ीं। अंत में पिता ने संतोष कर लिया कि एक दिन मुझे तो मरना ही है, फिर मेरे मरने के बाद ये स्वयं ही पछताएँगे।

एक दिन रामलाल ने प्रताप से कहा, "प्रताप, मेरा अंतिम समय आ गया है। मैं जानता हूँ कि तेरे तीनों भाई मूर्ख और शक्तिशाली हैं। वे मेरे

मरने के बाद तुझे कुछ भी नहीं देंगे। मैंने तेरे लिए कुछ धन घुड़साल के छप्पर में छिपा दिया है। मेरे मरने के बाद तुम उस धन को निकाल लेना और दूसरे शहर में जाकर कोई काम कर लेना।"

पिता की बातें सुनकर प्रताप रोते हुए बोला, "पिताजी, आप तो हमारे लिए संसार की सबसे बड़ी दौलत हैं। आपको यदि कुछ हो गया तो मैं किस के सहारे जीवित रहूँगा।"

रामलाल को मरा देखकर उसके तीनों बेटे बहुत खुश हुए। वे सोचने लगे कि बूढ़ा मर गया, वरना हमें चैन से जीने भी नहीं देता। हमें हर समय टोकता रहता था। तीनों ने पिता के धन को आपस में बाँट लिया। उन्होंने प्रताप को कुछ भी नहीं दिया। तीनों ही प्रताप का मजाक बनाने लगे।

प्रताप सीधे-सादे, सरल स्वभाव का लड़का था। वह बोला, "भइया, मैं तुम्हारे साथ नहीं रहूँगा। पिताजी ने मेरे लिए धन घुड़साल के छप्पर में छिपाकर रख दिया था। मैं अपना धन लेकर शहर चला जाऊँगा।" प्रताप को अपने भाइयों से ऐसी आशा नहीं थी कि वे उसका सारा धन छीन लेंगे। तीनों भाइयों ने मिलकर प्रताप को बहुत पीटा और उसका सारा धन छीन लिया।

रामलाल प्रताप के लिए इतना धन छिपाकर रख गए थे, जिससे कई गाँव खरीदे जा सकते थे। सारा धन छिन जाने पर प्रताप को बहुत क्रोध आया। किंतु तीनों भाई इतने शक्तिशाली थे कि उनके सामने प्रताप

की एक न चली। प्रताप के साथ हुए अन्याय और अत्याचार को देखकर मझले भाई बुद्धि को दया आ गई। बुद्धि ने प्रताप को थोड़ा सा धन, एक तलवार और एक घोड़ा दे दिया। प्रताप ने तलवार को कमर में खोंसा और घोड़े पर सवार होकर शहर की ओर चल दिया।

जब प्रताप शहर पहुँचा तो रात हो चुकी थी। उसने रात गुजारने के लिए एक घर का दरवाजा खटखटाया। उस घर का मालिक प्रताप को अंदर ले गया और उसे प्रेमपूर्वक भोजन कराया। प्रताप की तलवार देखकर वह आदमी बोला, "तुम बहुत किस्मत वाले हो। तुम्हारी तलवार तो जादुई है। यह कायर आदमी का गला काट देगी और तुम जो इससे कहोगे, तुम्हारे सभी काम करेगी। मैं जानता हूँ कि तुम बहादुर हो और यह तलवार बहादुरों के सभी काम करेगी।"

थोड़ी दूर जाने पर प्रताप को पता चला कि इस देश की राजकुमारी को कोई जादूगर राज्य की दक्षिणी दिशा में ले गया है। जंगलों के पार वह किसी जादूगर के कब्जे में है। वहाँ किसी का भी पहुँचना नामुमकिन है, जो कोई भी राजकुमारी को जादूगर के कब्जे से आजाद कराएगा, उसे राजा आधा राज्य देकर राजकुमारी के साथ उसका विवाह कर देंगे। यह बात सुनकर प्रताप बहुत खुश हुआ और सोचने लगा कि भगवान की कृपा से बहादुरी दिखाने का समय आ गया है।

प्रताप ने राजकुमारी को छुड़ाने का निश्चय कर लिया। वह दक्षिण दिशा की ओर चलने लगा। चलते-चलते जब वह थक गया तो उसने

आराम करने की सोची। उसने घोड़े को घास चरने के लिए छोड़ दिया और स्वयं पेड़ के नीचे लेट गया। प्रताप को बहुत जोर से भूख लगी थी। उसने अपनी जादुई तलवार से भोजन की व्यवस्था करने के लिए कहा। तलवार प्रताप के हाथ से छूटकर उड़ गई और कुछ ही देर में प्रताप के सामने स्वादिष्ट भोजन लाकर रख दिया। यह देखकर प्रताप बहुत खुश हुआ और भोजन करने लगा।

एक जादूगर ने उस जादुई तलवार को देख लिया। वह उस तलवार को चुराने की सोचने लगा। जादूगर ने सोचा कि यदि यह तलवार मुझे मिल जाए तो मेरी शक्ति दुगुनी हो जाएगी। जादूगर ने जैसे ही उस तलवार को चुराने की कोशिश की तो तलवार जादूगर पर वार करने लगी। जादूगर घबराकर चीखने लगा। उसके चीखने की आवाज सुनकर प्रताप उठकर अपनी तलवार को खोजने लगा। अपनी तलवार को वहाँ न देखकर प्रताप घबरा गया, क्योंकि तलवार के बिना वह कुछ नहीं कर सकता था।

जब प्रताप ने देखा कि तलवार जादूगर को मार रही है तो वह समझ गया कि जरूर उसने तलवार को चुराने की कोशिश की होगी। वह तलवार तो केवल बहादुर लोगों के लिए थी। प्रताप को देखकर वह जादूगर बोला, "मुझे बचा लो। अपनी तलवार को रोक लो, वरना यह मुझे मार डालेगी। मैं आजीवन तुम्हारा गुलाम बनकर रहूँगा।"

प्रताप को जादूगर पर दया आ गई। प्रताप ने उस तलवार को रोक दिया और अपनी कमर में खोंस लिया। प्रताप ने जादूगर को दवा लगाकर

उसका परिचय पूछा। जादूगर बोला, मेरा नाम नगीना है। मैं छोटा जादूगर हूँ और एक जादूगर प्रदेश में रहता हूँ। वहाँ का सरदार बहुत ही बड़ा जादूगर है। वह एक राजकुमारी को उठाकर ले आया। जब मैंने उससे राजकुमारी को लौटाने के लिए कहा तो उसने मुझे पीटकर जादूगर प्रदेश से भगा दिया। मैं उस दुष्ट जादूगर से बदला लेना चाहता हूँ। मैंने सोचा कि यदि मुझे तुम्हारी जादुई तलवार मिल जाए तो मैं उससे बदला ले सकता हूँ।" इतना कहकर जादूगर चुप हो गया।

प्रताप ने कहा, "आज से हम दोनों दोस्त हैं। मैं राजकुमारी को छुड़ाने के लिए ही आया हूँ। तुम मुझे उस जादूगर के पास ले चलो, जिसने राजकुमारी को उठाया है। मैं राजकुमारी को छुड़ा लूँगा और उससे बदला लेने में तुम्हारी मदद करूँगा।"

जादूगर नगीना ने कहा, "आगे रास्ते में आदमखोर दानवों की बस्ती होने के कारण मैं तुम्हें वहाँ ले जाने में असमर्थ हूँ। वे हमें मार डालेंगे। मेरे पास जादुई उड़नखटोला भी नहीं है, जिस पर बिठाकर तुम्हें वहाँ ले जा सकूँ।"

"वैसे तो जादूगर मोडक मुझे अपनी शक्ति से दो महीने बाद अपने पास बुला लेगा, तब मैं उससे बदला लेने की कोशिश करूँगा।"

अंत में दोनों ने आदमखोरों की बस्ती से जाने का निश्चय कर लिया। फिर वे दोनों उस दुष्ट जादूगर को मारने के लिए चल दिए। रास्ते में एक महल में बड़े-बड़े राक्षसों को घूमते देखकर जादूगर नगीना डर

गया। फिर दोनों ने रात में ही आदमखोरों की बस्ती को पार करने का निश्चय किया। वे दोनों खून-खराबा किए बिना ही अपनी मंजिल तक पहुँचना चाहते थे।

कुछ देर बाद उन्होंने स्वयं को रस्सी से बँधे पाया। मैदान में आग लग रही थी। यह देखकर नगीना बुरी तरह डर गया और बोला, "मैं तुम्हें बताना भूल गया कि इन आदमखोरों की सूँघने की शक्ति बहुत तेज होती है। वे इनसानों को दूर से ही सूँघ लेते हैं। अब हम आदमखोरों के कब्जे में हैं और हमारा बचना मुश्किल है।" प्रताप ने नगीना को समझाते हुए कहा, "तुम चिंता मत करो। हमारे पास जादुई तलवार है। ये आदमखोर हमारा कुछ भी नहीं बिगाड़ सकते।"

कुछ देर बाद उन्होंने देखा कि आदमखोर दो आदमियों को रस्सी में बाँधकर लाए और वहीं पटक दिया। वे दोनों बेहोश थे। इसके बाद दैत्यों ने उन्हें चारों ओर से घेर लिया। कुछ ही देर में उन दोनों बंदियों को भी होश आ गया। उन बंदियों ने बताया कि वे भीष्मपुर के राजकुमार हैं। वे जादूगर से अपनी बहन को छुड़ाने के लिए आए थे। इन दैत्यों ने उनके सैनिकों को मार उन्हें बंदी बना लिया। अब ये हमें भी जीवित नहीं छोड़ेंगे।" नगीना बोला, "ये दैत्य अब हम चारों को भूनकर खा जाएँगे। यदि जीवित रहना चाहते हो तो जल्दी कुछ करो।"

प्रताप को अपनी जादुई तलवार पर पूरा भरोसा था। तभी चार दैत्य उन्हें आग में डालने के लिए आगे बढ़े। यह देखकर प्रताप ने अपनी

तलवार को छूकर कहा, "हमारे बंधन खोलो और इन दैत्यों को मार डालो।" तलवार ने शीघ्र ही उन चारों के बंधन काटकर दैत्यों को मार डाला। फिर कुछ दैत्य प्रताप और उसके साथियों की ओर बढ़े। प्रताप की जादुई तलवार में से चार तलवारें निकलीं और दैत्यों को मार दिया। यह दृश्य देखकर दैत्य सरदार डर गया और प्रताप से माफी माँगने लगा। तब प्रताप ने अपनी जादुई तलवार को रोक दिया।

प्रताप ने नगीना और दोनों राजकुमारों की जान बचाई। अब प्रताप को यकीन हो गया कि वह राजकुमारी को जल्दी ही खोज लेगा। दैत्यराज ने प्रताप के सामने अपनी पुत्री से विवाह का प्रस्ताव रखा। दैत्यराज की पुत्री बहुत ही सुंदर थी। प्रताप ने दैत्यराज से कहा कि वह अपनी पुत्री का विवाह नगीना के साथ कर दे। प्रताप के कहने पर दैत्यराज ने अपनी पुत्री का विवाह नगीना के साथ कर दिया। उसके बाद जब प्रताप वहाँ से चलने लगा तो नगीना ने प्रताप से कहा, "ठहरो, मैं भी तुम्हारे साथ चलता हूँ। वह जादूगर बहुत ही दुष्ट है। हो सकता है कि मैं तुम्हारे कुछ काम आ जाऊँ।"

प्रताप ने अपने साथियों को भी एक-एक जादुई तलवार दे दी। फिर वे सब आगे बढ़ने लगे। काफी दूर चलने के बाद नगीना ने कहा कि हमारा प्रदेश चारों ओर पहाड़ी से घिरा है। उस लकीर से आगे हम नहीं बढ़ सकते। जैसे ही हम लकीर को पार करेंगे तो सब जलकर राख हो जाएँगे। नगीना ने अपने साथियों को यकीन दिलाने के लिए लकीर के ऊपर एक पत्थर फेंक दिया। लकीर के ऊपर पड़ते ही वह पत्थर जलकर राख हो गया।

प्रताप ने अपने साथियों को समझाया कि चिंता करने की कोई आवश्यकता नहीं है। हम सब तलवार को पकड़कर हवा में उड़ जाएँगे। फिर पाँचों ने अपनी–अपनी तलवार पकड़ीं और हवा में उड़ने लगे। परंतु वे सब रास्ते में ही बेहोश हो गए। जादूगर ने जादू के शीशे में देखकर उन्हें पकड़कर कमरे में बंद कर लिया।

सौभाग्य से इनकी तलवार इनके पास थी। परंतु जादूगर की शक्ति के सामने इनकी जादुई तलवार कमजोर पड़ गई। नगीना के कहने पर भी जादुई तलवार ने उनके बंधन नहीं काटे। प्रताप को अपने पास न देखकर नगीना घबरा गया। वह सोचने लगा–'हम सबको जादूगर मोडक ने बंदी बना लिया है। उस दुष्ट जादूगर ने प्रताप को किसी दूसरे स्थान पर कैद किया है या फिर वह प्रताप को कैद नहीं कर पाया।"

तभी चार आदमी आए और उन्हें उठाकर जादूगर मोडक के पास ले गए। जादूगर मोडक ने कहा, "नगीना, तुम मेरी शक्ति को अच्छी तरह से जानते हो, फिर भी इन आदमियों को साथ लेकर लड़ने चले आए। तुम बहुत ही दुष्ट हो। इस जादुई शीशे की सहायता से मैं जमीन से ऊपर की सभी वस्तुएँ देख लेता हूँ। यदि तुम जमीन से उठकर हवा में न उड़ते तो शायद मैं तुम्हें कभी नहीं पकड़ पाता।"

उधर प्रताप ने देखा कि जब उसके साथी तलवार पकड़कर उड़े तो उनके ऊपर एक जाल गिरा और वे बंदी बना लिये गए। यह देखकर प्रताप हवा में नहीं उड़ा और अपनी तलवार को जमीन पर रहने का

आदेश दे दिया। इस प्रकार प्रताप स्वयं तो बच गया, लेकिन अपने साथियों को न बचा सका। अपने साथियों की दुर्दशा देखकर प्रताप को बहुत दुःख हुआ। प्रताप ने बुद्धिमानी से काम लिया। प्रताप समझ गया कि किसी वस्तु के द्वारा जादूगर उन्हें देख रहा है। उसने निश्चय किया कि रात मैं जब जादूगर सो जाएगा तब वह जादुई तलवार के साथ उड़ेगा।

इस प्रकार प्रताप ने पूरा दिन वहीं पर गुजारा। रात होते ही उसने तलवार के सहारे लकीर पार की और आगे बढ़ गया। पहाड़ी से नीचे आकर प्रताप ने देखा कि छोटे-छोटे मकानों के बीच में एक बहुत बड़ा महल था। वह महल की ओर बढ़ गया। रात बीतने वाली थी कि वह जादुई तलवार के सहारे महल की छत पर छिप गया।

कुछ देर बाद प्रताप ने देखा कि उसके चारों साथी बंदी हैं। जादूगर मोडक तलवार लेकर जैसे ही नगीना को मारने चला तो प्रताप बोला, "रुक जाओ, इन निर्दोष प्राणियों को मारकर तुम्हें क्या मिलेगा। यदि ताकत है तो मुझसे लड़ो। यदि तुमने मुझे हरा दिया तो मैं यहाँ से वापस चला जाऊँगा। यदि तुम हार गए तो मुझे राजकुमारी को वापस करना पड़ेगा। मैं तुम्हारा काल बनकर यहाँ आया हूँ।"

जादूगर मोडक चीखकर बोला, "तुम कौन हो और कहाँ से आए हो? क्या तुम नहीं जानते कि मैं यहाँ का राजा हूँ। यदि तुम्हें अपनी जान प्यारी है तो चुपचाप यहाँ से चले जाओ और मेरे काम में रुकावट पैदा मत करो।"

इसके बाद जादूगर आकाश की ओर हाथ करके कोई मंत्र पढ़ने लगा तो दो देव आकाश से नीचे उतरने लगे। तब प्रताप ने क्रोधित होकर अपनी तलवार जोर से जमीन पर पटक दी। ऐसा करते ही एक भयानक राक्षस उत्पन्न हो गया और हाथ जोड़कर प्रताप से बोला, "मालिक, आज्ञा दीजिए, मैं आपकी क्या सेवा करूँ?"

प्रताप की आज्ञा पाकर उस राक्षस ने दोनों देवों को मार डाला। जादूगर के पास उनसे बड़ा कोई दूसरा देव नहीं था। वह राक्षस जादूगर को मारने के लिए दौड़ा, लेकिन उस दुष्ट जादूगर ने अपनी जादुई शक्ति से राक्षसों की सेना इकट्ठी कर ली। वह सेना भी उस राक्षस के सामने टिक न सकी और भाग गई। जादूगर मोडक तलवार का सहारा लेकर आकाश में उड़ा तो वह राक्षस भी आकाश में उड़ गया। घबराकर मोडक जादूगर जमीन पर आकर प्रताप से बोला, "शीघ्र ही इस राक्षस को रोक लो। मैं तुमसे युद्ध करने के लिए तैयार हूँ।" मोडक जादूगर की बात सुनकर प्रताप ने उस राक्षस को रोक दिया और उस दुष्ट जादूगर को मार गिराया।

जादूगर के मरने के बाद सब महल में राजकुमारी को खोजने लगे। राजकुमारी अपने दोनों भाइयों से गले मिलकर बहुत प्रसन्न हुई। जादूगर नगीना को प्रताप ने वहाँ का सरदार बना दिया। वे राजकुमारी के साथ अपने देश की ओर चल दिए। जादूगर नगीना ने प्रताप को एक अँगूठी देते हुए कहा, "जब कभी तुम इस अँगूठी को घिसोगे तो मैं तुम्हारे सामने हाजिर हो जाऊँगा।"

कुछ ही देर में वे सब भीष्मपुर पहुँच गए। राजा दोनों राजकुमारों और राजकुमारी को सकुशल देखकर बहुत प्रसन्न हुआ। राजमहल में खुशियाँ-ही-खुशियाँ छा गईं। राजा ने प्रताप को गले से लगाया और उसके साथ राजकुमारी का विवाह करके आधा राज्य दे दिया। प्रताप राजकुमारी के साथ रहने लगा। वे दोनों अपने राज्य में बहुत खुश थे।

प्रताप का गाँव उसके राज्य के करीब था। एक दिन प्रताप अपने भाइयों से मिलने के लिए घोड़े पर सवार होकर अपने गाँव की ओर चल दिया। गाँव वाले प्रताप को राजा के रूप में ही जानते थे। मुखिया ने पूरे सम्मान के साथ राजा प्रताप को अपने घर में ठहराया। अपने तीनों बड़े भाइयों को मुखिया के घर नौकर के रूप में देखकर राजा बहुत शर्मिंदा हुए। राजा के पूछने पर मुखिया ने कहा, "ये तीनों भाई मेरे दोस्त के बेटे हैं। बुरी आदतों के कारण अपनी सारी धन-दौलत जुए में हार गए। मैंने इन पर तरस खाकर अपने यहाँ नौकर रख लिया।"

दूसरे दिन सैनिक मुखिया के घर जाकर तीनों नौकरों को पकड़कर दरबार में ले आए। राजा को देखते ही तीनों रोते हुए बोले, "महाराज, हमें माफ कर दो। हम निर्दोष हैं। हम तो पूरी वफादारी और ईमानदारी से अपने मालिक की सेवा करते हैं। हमें किस अपराध के कारण दरबार में लाया गया है?"

राजा प्रताप अपने भाइयों से नहीं बोले। सैनिकों ने उन तीनों को राजमहल में ले जाकर स्नान कराया और नए-नए कपड़े पहनने को दिए।

यह देखकर तीनों भाई आश्चर्यचकित रह गए। तभी एक भाई ने कहा, "भैया, मैंने इस राजा को पहले कहीं देखा है। यह हमारा छोटा भाई प्रताप तो नहीं है?" इस पर बड़ा भाई बोला, "तू मूर्ख है, अब तक तो प्रताप मर गया होगा। उसके पास तो खाना खाने के लिए भी पैसे नहीं थे, फिर वह राजा कैसे बन गया?"

कुछ ही देर में तीनों भाई राजसी वस्त्र पहनकर दरबार में पहुँच गए। राजा प्रताप ने उठकर उन्हें गले से लगाकर कहा, "मैं तुम्हारा भाई प्रताप हूँ। तुम्हारी यह दुर्दशा देखकर मुझे बहुत दुःख हो रहा है। शायद तुमने मुझे अब भी नहीं पहचाना।"

तीनों भाइयों ने प्रताप के पैरों में गिरकर माफी माँगी। वे रोते हुए बोले, "हम बहुत ही स्वार्थी और दुष्ट हैं। हमने तुम्हें मार-पीटकर सारा धन छीन लिया और घर से निकाल दिया। तुम सचमुच में महान् हो। हमारे द्वारा किए गए अन्याय को भुलाकर भी तुमने हम पर दया दिखाई।"

इसके बाद प्रताप ने अपने भाइयों को दरबार में अच्छी नौकरी देकर महल में ही रख लिया। फिर प्रताप खुशी-खुशी राज्य का कार्यभार सँभालने लगा।

परी का वरदान

बहुत पहले की बात है कि एक नगर में एक गरीब माली रहता था। कभी-कभी तो उसके घर खाना भी नहीं बनता था। उसे अपनी तीनों बेटियों के साथ भूखे ही सोना पड़ता था।

माली की तीनों बेटियों का स्वभाव अलग-अलग था। उसकी दोनों बड़ी बेटियाँ झगड़ालू और अभिमानी स्वभाव की थीं। उनका हृदय बहुत कठोर था। उनके हृदय में दया नाममात्र के लिए भी नहीं थी। वे केवल अपना स्वार्थ पूरा करना चाहती थीं। माली की सबसे छोटी बेटी गुलाबो बहुत सुंदर और मधुर स्वभाव की थी। वह किसी को भी दुखी नहीं देख सकती थी। दूसरों की सहायता करना वह अपना धर्म समझती थी।

एक बार तीनों बहनें बहुत भूखी थीं। कई दिन के बाद उनके घर में भोजन बना था। जैसे ही वे भोजन करने बैठीं, तभी दरवाजे पर एक बूढ़ी भिखारिन आ गई। उसे कोढ़ की बीमारी थी और जख्मों पर मक्खियाँ भिनभिना रही थीं। उस भिखारिन ने माली की बड़ी बेटी से कहा, "बेटी, अपने में से थोड़ा सा भोजन मुझे भी दे दो। मैंने कई दिन से खाना नहीं खाया। मुझे बहुत भूख लगी है।"

माली की बड़ी बेटी भिखारिन को डाँटते हुए बोली, "चुड़ैल, यहाँ से भाग जा। मैं तुझे कुछ नहीं दूँगी। मैं भी तो भूखी हूँ। अपने आप ही

चली जा, वरना तेरी चोटी पकड़कर मारूँगी।"

फिर वह भिखारिन मझली बेटी से बोली, "तू ही कुछ खाने को दे दे। बहुत भूखी हूँ।" मझली बेटी बोली, "हमने भी कुछ नहीं खाया। मैं भी तो तीन दिन से भूखी हूँ। यदि तुम चाहो तो ठंडा पानी पी लो और यहाँ से चली जाओ।"

फिर भिखारिन गुलाबो से बोली, "बेटी, तू ही कुछ खाने को दे दे।" गुलाबो ने उस पर दया करके अपने हिस्से का सारा खाना उसे दे दिया और स्वयं ठंडा पानी पी लिया। उस भिखारिन ने गुलाबो को आशीर्वाद देते हुए कहा, "बेटी, तू अवश्य ही एक दिन रानी बनेगी। तेरी नेकी का फल एक दिन भगवान तुझे जरूर देगा।"

दोनों बड़ी बहनें भिखारिन की बातें सुनकर हँसते हुए बोलीं, "अरी बुढ़िया, तू क्या सठिया गई है? यह रानी कैसे बन सकती है? चल यहाँ से भाग जा!"

जब भिखारिन चली गई तो दोनों बड़ी बहनें गुलाबो को चिढ़ाने लगीं और बोलीं, "रानीजी, अब तुम क्या खाओगी? अब तुम्हें भूखा ही रहना पड़ेगा। तुम्हें यह बेवकूफी का काम करने की क्या जरूरत थी?"

बड़ी बहनों की बातें सुनकर गुलाबो दुःखी हुई। तभी उसने देखा कि जहाँ बुढ़िया ने रोटी खाई थी, वहाँ की जमीन चाँदी के समान चमकने लगी। और जिस जगह पर पानी गिरा था, वहाँ पर गुलाब का फूल उग आया है। उस गुलाब के फूल की खुशबू से गुलाबो की

भूख–प्यास सब मिट गई।

तभी उस नगर के राजा ने घोषणा करवा दी कि जो लड़कियाँ अच्छा नाचना, गाना, चित्रकारी और खाना बनाना जानती हों तथा सुंदर हों, वे एक सप्ताह बाद महल के आँगन में इकट्ठी हो जाएँ। जिस लड़की में ये सभी गुण मौजूद होंगे, उसी के साथ राजकुमार का विवाह होगा।

यह घोषणा माली की तीनों लड़कियों ने भी सुनी। यद्यपि उनमें सभी गुण मौजूद थे, लेकिन उनके पास पहनने के लिए अच्छे कपड़े नहीं थे। तीनों बहनें बहुत दुःखी थीं। उन तीनों को इसी बात की चिंता थी कि वे अच्छी पोशाक का प्रबंध कहाँ से करें?

बड़ी बहन कहीं जाकर एक पोशाक चुरा लाई। मझली भी अपने लिए किसी से पोशाक माँग लाई। बेचारी गुलाबो बहुत दुःखी थी। वह सोच रही थी कि पोशाक का प्रबंध कहाँ से करे? वह तालाब के किनारे बैठकर रोने लगी। वहाँ बैठे–बैठे शाम हो गई। सूरज भी डूबने लगा। पेड़ों पर कोयल कूकने लगी। तालाब में खिले कमल भी मुंद गए, तभी गुलाबो को महसूस हुआ कि उसके पैर काँप रहे हैं और पास में बैठी बतख ने पंख फैला दिए हैं।

तभी गुलाबो ने पीछे मुड़कर देखा कि नीले रंग की परी उसकी ओर देखकर मुसकरा रही थी। वह बतख गुलाबो की गोद में आकर बैठ गई। नीलम परी गुलाबो के आँसू पोंछते हुए बोली, "बेटी, रो मत, मैं तेरे

साथ हूँ। मैं वही बुढ़िया हूँ, जिसे तुमने रोटियाँ खिलाई थीं। तुम्हें मैंने रानी बनने का आशीर्वाद भी दिया था। यह बतख जादू जानती है। मैं और यह जादूगरनी बतख तुम्हारी मदद करने आए हैं। तुम जरा भी चिंता मत करो। तुम्हारी बहनें तुमसे जलती हैं। वे दोनों तुम्हें मारना चाहती हैं और तुम्हें मारने के लिए इसी ओर आ रही हैं। हम तुम्हें अपने जादू से छिपाकर तुम्हारी सूरत की नकली गुलाबो बना देंगे। तुम्हारी बहनें नकली गुलाबो को तालाब में डुबोकर मार देंगी।

नीलम परी ने नकली गुलाबो की मूर्ति बना दी और असली गुलाबो को छिपा दिया। तभी वहाँ पर गुलाबो की दोनों बहनें आईं और नकली गुलाबो को रस्सी से बाँधकर तालाब में फेंक दिया। दोनों बहनें खुश होती हुई घर वापस आईं और सोचने लगीं, "बला टल गई। अब यह कैसे रानी बनेगी? बेचारी बेमौत मारी गई।"

गुलाबो को मारने के बाद बड़ी बहन ने मझली को रास्ते से हटाने का निश्चय कर लिया। वह बाजार से मिठाई लाई और उसमें जहर मिला दिया। फिर बड़ी बहन बोली, "मैं तेरे लिए बाजार से मिठाई लाई थी। मैंने तो खा ली। अब तू भी मिठाई खा और शर्बत पीकर सो जा।"

मझली बहन ने मिठाई खाई और शर्बत पीकर सो गई। सुबह होने पर सबने देखा कि वह मर चुकी थी। यह देखकर बड़ी बहन बहुत खुश थी। वह सोच रही थी कि छोटी बहन गुलाबो और मझली दोनों मर गईं। अब तो मैं ही राजकुमार से विवाह करके रानी बनूँगी।

सुबह उठकर बड़ी बहन सज-धजकर महल में पहुँच गई। वहाँ पर सुंदर-सुंदर पोशाकों में सजी हुई बहुत सी लड़कियाँ बैठी थीं। सभी एक से बढ़कर एक सुंदर थीं। आभूषणों से सजी हुई लड़कियों को देखकर बड़ी बहन दुःखी हो गई।

राजकुमार के आने पर सभी लड़कियों ने गाना गाया और नृत्य किया। बड़ी बहन के गाने और नृत्य की ओर किसी ने भी ध्यान नहीं दिया। तभी स्वर्णाभूषणों से सुसज्जित एक सुंदर कन्या उठी, जिसके सिर पर रत्नजड़ित मुकुट था। उसकी आँखें चमक रही थीं और मुख पर तेज था। उसके जूड़े में लगे फूलों की खुशबू चारों ओर फैल रही थी। उसने बहुत सुंदर सैंडल पहने थे। उसकी गोद में बतख बैठी थी। बतख को गोद में लेकर ही वह नाचने-गाने लगी। उसके नाच-गाने को देखकर सभी मोहित हो गए। राजकुमार भी एकटक उस लड़की को देखता रहा। उसकी सुंदरता ने सभी को अपनी ओर आकर्षित कर लिया।

तभी राजकुमार ने नाच-गाना बंद करने का आदेश दिया। सभी उस लड़की के भाग्य की सराहना कर रहे थे। दूसरे दिन राजकुमार ने उस लड़की को अपने मित्रों के चित्र और उनके लिए भोजन बनाने का कार्य सौंप दिया।

दूसरे दिन जब गुलाबो चित्र बनाने बैठी तो एक घंटे में ही नीलम परी ने राजकुमार के चौदह मित्रों के चित्र बना दिए। गुलाबो के हाथ बहुत जल्दी-जल्दी चल रहे थे। राजकुमार के मित्रों ने भी गुलाबो के बने

चित्रों की बड़ी प्रशंसा की। राजकुमार भी गुलाबो की चित्रकारी को देखकर बहुत खुश हुआ।

जब गुलाबो ने भोजन बनाया तो नीलम परी ने उस भोजन पर अपने पंख फैला दिए, जिससे सारा भोजन रसीला और अमृतमयी हो गया। सभी ने गुलाबो के बनाए गए भोजन की बड़ी प्रशंसा की। राजकुमार ने गुलाबो के गले में जयमाला डाल दी।

धीरे-धीरे यह बात पूरे नगर में फैल गई कि माली की बेटी गुलाबो को राजकुमार ने विवाह के लिए चुन लिया है। बड़ी बहन इस बात को सुनकर बहुत क्रोधित हुई। वह ईर्ष्या से जलने लगी। उसने तलवार ली और राजमहल में चली गई। उस समय गुलाबो बाग में फूल चुन रही थी और राजकुमार टहल रहा था। राजकुमार की गोद में बत्तख थी।

बड़ी बहन ने गुलाबो पर तलवार से जैसे ही वार किया तो वह बतख नागिन बनकर उसके पैरों से लिपट गई।

बड़ी बहन के हाथ से तलवार छूट गई। तभी नीलम परी ने प्रकट होकर कहा, "गुलाबो, तेरी यह बड़ी बहन बड़ी ही दुष्ट है। इसने एक बहन को तालाब में डुबो दिया और दूसरी को जहर देकर मार दिया। अब यह भी मरेगी। यह नागिन इसे जरूर डसेगी। इसे जीवित रहने का कोई अधिकार नहीं है।"

परी की बातें सुनकर बड़ी बहन डर गई और माफी माँगने लगी। उसने रोते-रोते राजकुमार को सारी बातें बता दीं। वह अपनी गलती पर पछता रही थी।

राजकुमार ने कहा, "गुलाबो, तुम्हारी यह बहन तो बहुत दुष्ट है। इसे सजा जरूर मिलेगी। तुम्हारी बहन होने के कारण हम इसे फाँसी नहीं दे सकते। पर इसका अपराध क्षमा करने योग्य नहीं है।"

राजकुमार ने बड़ी बहन को जंगल में छोड़ने की सजा सुना दी। जादूगरनी बतख उसे सात समुंदर पार के द्वीप में छोड़ आई, जहाँ वह कुछ दिन बाद तड़प-तड़पकर मर गई।

गुलाबो और राजकुमार का विवाह बहुत धूमधाम से संपन्न हो गया। गुलाबो महल की रानी बन गई। नीलम परी का वरदान सच साबित हुआ। फिर नीलम परी के वरदान के कारण गुलाबो राजमहल में सुख से रहने लगी।

चमत्कारी लोटा

बहुत पहले की बात है कि एक मछुआरा बहुत गरीब था। वह एक दिन में केवल चार बार ही जाल डालता था। वह अपनी जीविका बड़ी मुश्किल से चला पाता था। उसके पास इतने पैसे भी नहीं थे कि वह अपने बच्चों को दो वक्त की रोटी खिला सके। कभी-कभी तो उसके बच्चों को भूखा ही सोना पड़ता था।

वह नियमपूर्वक सूरज निकलने से पहले जाल लेकर नदी के किनारे चला जाता था। एक दिन मछुआरे ने अपना जाल खींचा तो उसे लगा कि जाल बहुत ही भारी है। वह बहुत खुश हुआ। उसने सोचा कि आज तो बहुत बड़ी मछली फँस गई है। किंतु जाल नदी से बाहर निकालने पर पता चला कि उसमें गधे का शव फँसा हुआ था।

दूसरी बार मछुआरे ने जाल डाला तो वह कीचड़ में फँस गया। तीसरी बार जाल में गुठली और कंकड़ फँस गए। यह देखकर मछुआरा बहुत दुःखी हुआ। सूरज भी निकल चुका था। मछुआरे ने आकाश की ओर मुख करके कहा, "या अल्लाह! मैं नदी में सिर्फ चार बार ही जाल डालता हूँ। तीन बार तो डाल चुका हूँ। यदि इस बार भी कुछ नहीं फँसा तो मेरे बच्चों को भूखा ही सोना पड़ेगा।"

मछुआरे ने चौथी बार नदी में जाल डाला तो उसमें पीतल का एक

लोटा फँस गया। लोटा बहुत ही भारी था और उसका मुँह शीशे से बंद था। उसके ऊपर कोई मोहर लगी थी। मछुआरा बहुत खुश हुआ। उसने सोचा कि लोटे को बाजार में बेचकर एक दिन की रोटी का प्रबंध तो हो ही जाएगा। उसने लोटे का मुँह खोलकर देखा तो वह बिलकुल खाली था। मछुआरे ने लोटे को जमीन पर रख दिया।

मछुआरे ने देखा कि लोटे में से धुआँ निकलने लगा। धुएँ ने नदी के चारों ओर फैलते-फैलते एक भयानक राक्षस का रूप धारण कर लिया। यह देखकर मछुआरा भय से काँपने लगा। मछुआरे ने वहाँ से भागने की कोशिश की, किंतु उसके पैर जमीन से उठ न सके।

तभी वह दैत्य हाथ जोड़कर, आकाश की ओर देखकर बोला, "ऐ सुलेमान, अब मैं तुम्हारे हुक्म का हमेशा पालन करूँगा। मुझे माफ कर दो।"

मछुआरे ने कहा, "दैत्यराज, सपना देखना बंद करो। इस संसार में सुलेमान को आए हुए 1800 वर्ष बीत चुके है।"

दैत्य ने कहा, "अब मैं तुझे मार डालूँगा। तूने मुझे लोटे से आजाद किया, लेकिन फिर भी मैं तुझे जरूर मारूँगा।"

मछुआरा बोला, "मजाक मत करो। मैं तो निर्दोष हूँ। मुझे मारकर आप पाप के भागी क्यों बनना चाहते हैं? मुझे मारकर तुम्हें कुछ नहीं मिलेगा।"

दैत्य ने मछुआरे को बताया, "प्रभु सुलेमान का समस्त सुर-असुरों

पर अधिकार था। मैं और 'साकार' उसकी आज्ञा नहीं मानते थे। उसकी हर बात का हम विरोध करते थे। एक दिन प्रभु ने क्रोधित होकर हमें आफस नाम के राक्षस से पकड़वाकर लोटे में बंद कर दिया। लोटे का मुँह शीशे से बंद किया और महामंत्र की मुहर लगा दी। एक भयंकर निशाचर द्वारा लोटे को इस नदी में फिंकवा दिया। तब मैंने प्रतिज्ञा की थी कि जो कोई मुझे एक शताब्दी के अंदर लोटे से बाहर निकालेगा, मैं उसे सबसे अमीर बना दूँगा। दुर्भाग्य से दो सौ वर्ष बीतने के बाद भी मुझे किसी ने लोटे से बाहर नहीं निकाला। तब मैंने दूसरी प्रतिज्ञा की कि जो कोई मुझे अगली शताब्दी में लोटे से बाहर निकालेगा, मैं उसे सारी धरती दे दूँगा। मुझे फिर भी किसी ने लोटे से बाहर नहीं निकाला। तब मैंने तीसरी प्रतिज्ञा की कि जो मुझे इस शताब्दी में लोटे से बाहर निकालेगा, मैं उसे सम्राट् बनाकर हर समय उसकी सेवा में हाजिर रहूँगा और रोज उसकी तीन इच्छाएँ पूरी करूँगा। धीरे-धीरे वह शताब्दी भी बीत गई, किंतु मुझे किसी ने भी लोटे से बाहर नहीं निकाला। तब मैं अपने गुस्से को रोक नहीं सका और मैंने प्रतिज्ञा की कि जो कोई मुझे लोटे से बाहर निकालेगा, मैं उसे ही मार दूँगा। अब तुम्हारे मरने का समय आ गया है।"

दैत्य की प्रतिज्ञा सुनकर मछुआरा डर गया और बोला, "स्वामी, अपनी प्रतिज्ञा तोड़कर मुझे जीवनदान दे दो। मेरे मरने के बाद मेरी पत्नी और बच्चे भी मर जाएँगे। लोटे से बाहर निकालने का मैंने जो अपराध किया है, उसे माफ कर दो।"

जब दैत्य ने मछुआरे की बात नहीं मानी तो मछुआरे ने चालाकी से काम लिया। वह बोला, "महाशय, मुझे हैरानी इस बात की है कि तुम्हारा इतना विशाल शरीर इस छोटे से लोटे में कैसे समा गया? आपके तो पैर भी लोटे में नहीं समा सकते। फिर आप मुझसे झूठ क्यों बोल रहे हो? मुझे तुम्हारी बात पर विश्वास नहीं है। मैं तुम्हारे ऊपर तभी विश्वास करूँगा, जब तुम मेरे सामने लोटे में बंद होकर दिखाओगे।"

वह दैत्य जल्दी से धुआँ बनकर लोटे में घुसकर बोला, "अरे मछुआरे! देख मेरा पूरा शरीर लोटे में समा चुका है। अब तो तुझे मुझ पर विश्वास हो गया होगा।"

दैत्य के इतना कहते ही मछुआरे ने जल्दी से लोटे का मुँह बंद कर

दिया और कहने लगा, "अब मैं तुम्हें नदी में फेंक दूँगा। इसी नदी के किनारे एक घर बनाकर रहूँगा और जो कोई भी इधर आएगा, उसी से कह दूँगा कि यहाँ एक भयंकर दैत्य रहता है। दुष्ट, तेरी चालाकी मैं समझ चुका हूँ। अब तू पानी में ही रह। मुझे तेरे पर तनिक भी विश्वास नहीं है। तू लोटे से बाहर निकलते ही मुझे खा लेगा। मैं यहाँ से जा रहा हूँ और अब तू लोटे में ही आराम कर।"

दैत्य बोला, "मित्र, मैं तो तुमसे मजाक कर रहा था। यदि तू मुझे लोटे से बाहर निकाल देगा तो मैं तुझे अमीर बनने का उपाय बता दूँगा। मैं महामंत्र की सौगंध खाकर कहता हूँ कि मैं तुझे नहीं खाऊँगा। तू मुझे जल्दी से लोटे से बाहर निकाल दे।"

लोटे में बंद दैत्य बार-बार मछुआरे से दया की भीख माँग रहा था। मछुआरे को फिर दैत्य पर दया आ गई। मछुआरे ने जैसे ही लोटे का ढक्कन खोला तो उसमें से धुआँ निकलकर नदी के चारों ओर फैल गया। फिर उस धुएँ ने दैत्य का रूप लेकर उस लोटे को नदी में फेंक दिया। यह देखकर मछुआरा बहुत डर गया। दैत्य ने मछुआरे से कहा, "अब तुम्हें डरने की जरूरत नहीं है। तुमने लोटे से बाहर निकालकर मुझे जीवनदान दिया है। तुम्हारी इस भलाई के बदले मैं तुम्हें धनवान बनाता हूँ।" इतना कहकर दैत्य ने मछुआरे को बहुत सा धन, हीरे-मोती देकर विदा किया।

समुद्री परी

एक राजा के आकाश और विशाल नाम के दो पुत्र थे। राजा बड़े बेटे आकाश को बहुत प्रेम करता था। वह राज-काज में राजा का हाथ बँटाता और शिकार खेलने भी जाता था। एक राजकुमारी के साथ राजा ने आकाश का विवाह बड़ी धूमधाम से कर दिया।

छोटा बेटा विशाल भी बहुत शक्तिशाली था। वह तीरंदाजी में बहुत निपुण था। उसका निशाना कभी नहीं चूकता था। वह गाने-बजाने का शौकीन और अच्छा चित्रकार भी था। देश-विदेश की यात्रा करना उसे अच्छा लगता था। उसके दो ही प्रिय दोस्त थे। एक मद्रसेन जादूगर और दूसरा नरहरि पहलवान। राजकुमार विशाल अच्छा धावक होने के साथ-साथ अच्छा घुड़सवार भी था। मद्रसेन, नरहरि और राजकुमार विशाल में गहरी मित्रता थी।

एक बार राजकुमार आकाश किसी काम से पड़ोसी देश में गए थे। वहाँ उन्हें कुछ दिन रुकना पड़ गया। उस समय आकाश की पत्नी ने अपने हाथ से खाना बनाकर विशाल को खिलाया और बोली, "कहो देवरजी, खाना कैसा बना है?"

राजकुमार विशाल ने हँसते हुए कहा, "खाना तो बहुत ही अच्छा बना है, परंतु खाने में नमक कुछ कम है।" यह सुनकर उसकी भाभी

चिढ़कर बोली, “देवरजी, अपने लिए कोई समुद्री परी ले आओ। वह तुम्हें रोज अच्छा-अच्छा खाना बनाकर खिलाएगी।”

राजकुमार विशाल ने अपनी भाभी से पूछा, “समुद्री परी मुझे कहाँ मिलेगी?” यह सुनकर उसकी भाभी तुनककर बोली, “मुझे क्या मालूम?” तुम तो बहुत बहादुर हो। यदि खोजोगे तो समुद्री परी मिल ही जाएगी।”

भाभी की बातें सुनकर राजकुमार विशाल को क्रोध आ गया। वह भाभी से बोला, “मुझे ताना मारने की जरूरत नहीं है। अब तो मैं पहले समुद्री परी को महल में लाऊँगा और फिर खाना खाऊँगा।” देवर को क्रोधित देखकर भाभी कहने लगी कि मैं तो तुम से मजाक कर रही थी। तुम तो बेकार में ही क्रोधित हो गए।

राजकुमार विशाल ने भाभी की बात नहीं सुनी और अपने दोस्तों के साथ राजा के पास जाकर बोला, “पिताजी, मुझे नहीं मालूम कि समुद्री परी कहाँ मिलेगी। लेकिन मैं उसका पता लगाकर रहूँगा और समुद्री परी के साथ ही विवाह करूँगा।”

मंत्री और राजा ने विशाल को बहुत समझाया, लेकिन वह अपनी जिद पर अड़ा रहा। उसने पिता से आशीर्वाद लिया और जाने की तैयारी में लग गया। उसकी भाभी को भी विशाल के जाने का बहुत दुःख हुआ। वह अपनी गलती पर पछता रही थी कि उसने ऐसी कड़वी बात अपने मुख से क्यों निकाली?

राजा की आज्ञा से तीन घोड़ों पर अशर्फियों से भरे थैले लदवा दिए

गए। तीनों मित्र दूसरे दिन समुद्री परी की खोज में निकल पड़े। चलते-चलते वे एक राजधानी में पहुँच गए। वहाँ बहुत चहल-पहल थी। बहुत से लोग एक ही दिशा में जा रहे थे। यह देखकर उन्हें बहुत आश्चर्य हुआ। मद्रसेन ने उत्सुकतावश एक आदमी से पूछा, "भाई, ये लोग एक ही दिशा में क्यों जा रहे हैं?"

उस व्यक्ति ने कहा, "मालूम पड़ता है कि तुम अजनबी हो। डाकू शमशेर पकड़ा जा चुका है। आज उसे फाँसी दी जाएगी। हम सब वहीं पर जा रहे हैं।"

अपने मित्रों के साथ राजकुमार विशाल भी वहाँ चला गया। एक ऊँचे चबूतरे पर हट्टे-कट्टे आदमी को फाँसी लगाने की तैयारी चल रही थी। यह आदमी डाकू शमशेर था। डाकू जानता था कि उसे फाँसी लगने वाली है, लेकिन वह फिर भी हँस रहा था। उसे किसी बात का डर नहीं था। उसके चेहरे पर रोब और आँखों में चमक थी।

राजकुमार विशाल अपने दोस्तों के साथ राजा के पास गया और अपना परिचय दिया। वह राजा राजकुमार विशाल के पिता का मित्र था। राजा भी विशाल और उसके मित्रों से मिलकर बहुत प्रसन्न हुआ। राजकुमार विशाल ने कहा, "महाराज, आप डाकू शमशेर को फाँसी मत दीजिए। यह एक बहादुर इनसान है। आप इसे मुझे सौंप दीजिए। मैं इसे अवश्य ही सुधार दूँगा। मुझे पूरा विश्वास है कि यह मेरी संगत में रहकर एक अच्छा इनसान बन जाएगा।"

राजा ने कहा, "तुम इसे नहीं जानते। यह एक खूँखार डाकू है। इसने सैकड़ों लोगों के घर जलाकर उन्हें मौत के घाट उतार दिया है। हो सकता है कि यह तुम्हें भी धोखा दे।"

राजकुमार के आग्रह करने पर राजा ने शमशेर को उसके साथ भेज दिया। राजा ने राजकुमार को समझाया कि शमशेर से सँभलकर रहना। शमशेर भी राजकुमार का मित्र बन गया, क्योंकि राजकुमार ने उसको फाँसी के फंदे से बचाया था।

इस प्रकार चारों मित्र समुद्र परी की खोज में निकल पड़े। चलते-चलते उन्हें शाम हो गई। सूरज छिपने लगा, तब एक नदी के किनारे पीतल के पेड़ के नीचे उन्होंने पड़ाव डाल दिया। राजकुमार ने कहा कि हमें समुद्रीपरी के रहने का स्थान पता लगाने के बाद ही आगे बढ़ना चाहिए। वरना हम बेकार में कब तक भटकते रहेंगे।

शमशेर बोला, "पहाड़ की चोटी पर एक साधु रहता है। मुझे यकीन है कि वह समुद्री परी के बारे में जरूर कुछ जानता होगा।"

तभी मद्रसेन ने कहा, "मेरे पास दो जादुई घोड़े हैं। वे बहुत ऊँचे और तेज उड़ते हैं। मैं और राजकुमार उन घोड़ों पर बैठकर कुछ ही देर में साधु बाबा के पास पहुँचकर समुद्री परी का पता लगा लेंगे।"

राजकुमार ने कहा, "नहीं, मैं यहीं रहकर तुम्हारी प्रतीक्षा करूँगा। तुम साधु बाबा के पास शमशेर को ले जाओ। यदि हो सके तो अपने साथ साधु बाबा को भी ले आना।"

कुछ ही देर में वे दोनों पहाड़ की चोटी पर पहुँच गए। उस समय साधु बाबा एक चट्टान पर बैठे तपस्या में लीन थे। उन्होंने साधु बाबा को प्रणाम करके अपने आने का कारण बताया। समुद्रपरी का नाम सुनकर साधु बाबा दंग रह गए। वे बोले, "मैं तुम्हें समुद्रपरी का पता तो बता दूँगा, परंतु समुद्रपरी को पाना असंभव है। जिसने भी उसे पाने की कोशिश की, वह जीवित नहीं बचा।"

साधु बाबा ने बताया, "दक्षिण दिशा में यहाँ से एक कोस की दूरी पर एक समुद्र है। वहाँ से तुम्हें जहाज के द्वारा समुद्र में बहुत दूर तक जाना पड़ेगा। वहाँ टापू की ऊँची पहाड़ी पर एक किला बना है। सैकड़ों राक्षसों के राजा ने वहाँ समुद्रपरी को कैद करके रखा है। राक्षसों के उस राजा का शरीर पहाड़ के समान है। वह बहुत शक्तिशाली है। उसकी आँखें बिजली के समान चमकती हैं, उसके माथे से धुआँ निकलता रहता है। जब वह बोलता है तो ऐसा लगता है कि मानो बादल गरज रहे हों। वहाँ पर पिंजरे में एक तोता रखा है। उसी तोते में राक्षसों के राजा के प्राण बसे हैं। राक्षस की माँ हाथ में तलवार और धनुष-बाण लेकर उसकी रक्षा करती है। अभी तक जो कोई भी वहाँ गया, वापस लौटकर नहीं आया।"

मद्रसेन ने साधुबाबा से कहा, "महात्माजी, यदि आप हमारी मदद करेंगे तो हमारे सभी कार्य पूरे हो जाएँगे। हमें आपका आशीर्वाद चाहिए।" साधुबाबा ने मद्रसेन को एक टोपी देते हुए कहा, "जो इस टोपी को पहनेगा, उसे कोई नहीं देख सकता, जबकि वह सबको देख सकता

है। यह तलवार भी तुम ले लो। यह तलवार छिपकर काम करती है। यह त्रिशूल भी रख लो। यह त्रिशूल पानी को सुखा सकता है और आग को बुझा सकता है। यह आकाश में उड़ने वाले पक्षी और यान को जमीन पर गिरा सकता है। ये तीनों चीजें राजकुमार को दे देना। समुद्र परी को खोजने में ये सभी चीजें काम आएँगी। समुद्रपरी को लेकर लौटते समय राजकुमार और तुम सब पीछे मुड़कर मत देखना। अब तुम समुद्र परी को लाने के बाद ही मुझसे मिलना। मुझे कहीं जाना है। जब तुम वापस आओगे तो मैं तुमसे यहीं पर मिलूँगा।"

इसके बाद शमशेर और मद्रसेन साधूबाबा से विदा लेकर राजकुमार के पास आ गए। उन्होंने साधु की दी हुई सभी चीजें राजकुमार को दे दीं। फिर सबने दक्षिण दिशा की ओर प्रस्थान किया।

रात का समय था। राजकुमार नदी में स्नान कर रहा था। अचानक एक जलपरी ने राजकुमार का पैर खींचा और उसे रानी के पास ले आई। राजकुमार ने स्वयं को बाग के बीच में पाया। पेड़ की डालियों पर वहाँ सुनहरे फल-फूल लगे थे। चिड़ियाँ चहचहा रही थीं और रंग-बिरंगी मछलियाँ तालाब में तैर रही थीं। संगमरमर का शानदार महल बाग के बीचोबीच बना था। फिर राजकुमार को एक ऐसे कमरे में ले जाया गया, जिसकी छत और दीवारें सोने की बनी थीं। कमरे में हीरे-पन्ने और नीलम बिछे हुए थे। कमरे के बीच में हीरे-पन्नों से चमकता हुआ एक सिंहासन रखा था। सिंहासन पर लाल रंग की पोशाक और सिर पर सोने

का मुकुट पहने परियों की रानी (लालपरी) बैठी थी। उसके सामने बीस-पच्चीस परियाँ हाथ जोड़कर खड़ी थीं। लालपरी के मुख पर अनोखा तेज था। उसके शरीर से फूलों की सुगंध निकलकर सब ओर फैल रही थी।

राजकुमार की ओर संकेत करके जलपरी ने लालपरी से कहा, "महारानीजी, आपकी आज्ञा से रात में नदी में स्नान करना मना है। यह युवक रात में नदी के अंदर स्नान कर रहा था। इसी कारण हम इसे आपके पास लाई हैं।"

लाल परी ने जादू की छड़ी उठाकर सभी परियों को वहाँ से जाने का आदेश दिया। सभी परियों के जाने के बाद लालपरी ने कहा, "युवक, हम जानना चाहते हैं कि तुम कौन हो और कहाँ से आए हो? ऐसा सुंदर युवक तो हमने पहले कभी नहीं देखा। हम चाहते हैं कि तुम यहीं रुक जाओ।"

राजकुमार बोला, "मैं राजकुमार हूँ। मैं समुद्रपरी की खोज में अपने साथियों के साथ यहाँ आया हूँ। मेरे साथी नदी के किनारे मेरी प्रतीक्षा कर रहे होंगे। मुझे जाने दीजिए।"

लालपरी बोली, "समुद्रपरी मेरी सहेली है। एक शक्तिशाली राक्षस ने उसे कैद कर लिया है। वहाँ तक पहुँचना असंभव है। तुम्हारे लिए यही अच्छा है कि अपने मित्रों के साथ यहीं पर रहो। यह मेरा राज्य है। मैं तुम्हें यहाँ का राजा बना सकती हूँ।"

राजकुमार ने कहा, "मैं पहले उस दुष्ट राक्षस की कैद से समुद्रपरी को छुड़ा लाऊँ। वैसे तो आप भी बहुत सुंदर हैं, फिर वहाँ से लौटकर तुम्हारे विषय में सोचूँगा।"

राजकुमार की बातें सुनकर लालपरी हँसने लगी। उसके हँसते ही ऐसा लगा जैसे चारों ओर फूल खिल गए हों। लालपरी बोली, "ठीक है। वहाँ से लौटते समय यहाँ जरूर आना। यह अमृत रस पी लो, ताकि तुम्हारे अंदर दस हजार हाथियों की शक्ति आ जाए। यह झोली भी अपने पास रखो। इससे कोई भी और जितनी चीज माँगोगे, तुम्हें सब मिल जाएँगी। यह झोली हीरे-जवाहरात, अशर्फी और स्वादिष्ट भोजन भी तुम्हें दे सकती है। इस झोली में एक ऐसी जड़ी है, जिसको हाथ में रगड़ने से आस-पास के सभी लोग बेहोश हो जाते हैं। इस जड़ी को सूँघने से शरीर के सभी घाव भर जाते हैं। यह तेज चलने वाला उड़नखटोला है। इसकी विशेषता यह है कि लोगों के बैठते ही इसका आकार उसी अनुपात में छोटा या बड़ा हो जाता है। यह पानी और आग में भी उड़ता रहता है और ताली बजाने पर आसमान में ही ठहर जाता है।"

लालपरी ने तीनों चीजें राजकुमार को दे दीं। फिर दो परियों ने राजकुमार को नदी के किनारे पहुँचा दिया। राजकुमार ने तीनों चीजें अपने मित्रों को दिखाईं। जादूगर मद्रसेन बोला, "राजकुमार, तुम्हारी किस्मत बहुत अच्छी है। ऐसी विचित्र चीजें हर किसी को नहीं मिलतीं। अब मुझे पूरा यकीन हो गया है कि तुम्हें समुद्रपरी जरूर मिल जाएगी। अब हमें

जादू के उड़नखटोले में बैठकर शीघ्र ही समुद्रपरी के पास पहुँच जाना चाहिए।"

उड़नखटोले में बैठकर वे चारों कुछ ही देर में समुद्र के किनारे पहुँच गए। नरहरि को समुद्र के किनारे छोड़कर वे तीनों टापू पर पहुँचे। मद्रसेन अपने साथ जादू का थैला भी ले गया था। उसने नरहरि को अपना जादुई घोड़ा देकर कहा, "पहाड़ी की सबसे ऊँची चोटी पर तुम आग जलाकर रखना। हमारे लौटने तक आग बुझनी नहीं चाहिए। बहुत से राक्षस दौड़ते हुए हमारा पीछा करेंगे। तुम उन राक्षसों से लड़ने के लिए तैयार रहना। तुम्हें अपनी शक्ति दिखाने का समय आ गया है।"

उन्होंने देखा कि ऊँची पहाड़ी पर बहुत बड़ा किला बना था। अँधेरे का लाभ उठाते हुए वे सब किले की ऊँची बुर्ज पर पहुँच गए। राजकुमार ने जादुई टोपी पहनकर साधु की दी हुई तलवार और लालपरी की दी हुई जड़ी-बूटी ले ली। शमशेर ने साधु का दिया हुआ त्रिशूल और मद्रसेन ने अपने जादू का झोला उठा लिया। राक्षसों की नजर से बचने के लिए मद्रसेन ने अपने और शमशेर के ऊपर जादू की चादर डाल दी। अँधेरे में दूर-दूर की वस्तुएँ देखने के लिए मद्रसेन ने सबकी आँखों में जादुई सुरमा लगा दिया। तीनों ने त्रिशूल को छुआ और आग की लपटों से बचते हुए किले की खाई को पार कर गए तथा किले की छत पर उड़नखटोले को रोक दिया। उड़नखटोला उड़ते समय जरा भी आवाज नहीं कर रहा था।

किले के अंदर घुसते ही मद्रसेन के जादुई यंत्र की सुई समुद्रपरी

के कमरे की ओर घूम गई। शमशेर के हाथ में त्रिशूल था। उसने त्रिशूल से कमरे का दरवाजा छुआ तो दरवाजा अपने आप खुल गया। राजकुमार सबसे आगे था। उसने हाथ पर जड़ी-बूटी रगड़ी तो आस-पास मौजूद सभी लोग बेहोश हो गए। राजकुमारी के सारे बंधन राजकुमार ने तलवार के एक ही वार से काट दिए। मद्रसेन ने समुद्रपरी को जादू के थैले में बंद करके उड़नखटोले में पहुँचा दिया।

उस समय राक्षस सो रहा था। राक्षस की माँ पिंजरे में बंद तोते की रक्षा कर रही थी। राजकुमार ने हथेली पर जड़ी-बूटी रगड़ी तो राक्षस की माँ बेहोश हो गई। राजकुमार ने जल्दी से तोते की गरदन मरोड़ दी। राक्षस तुरंत मर गया। तीनों मित्र चोर रास्ते से किले की छत पर पहुँच गए और उड़नखटोले पर बैठकर उड़ गए।

जब पहरेदार राक्षसों की बेहोशी टूटी तो उन्होंने अपने राजा को मरा हुआ पाया। किले में कोहराम मच गया, किंतु तब तक उड़नखटोला बहुत दूर जा चुका था। अपने यानों पर सवार होकर कुछ राक्षसों ने उनका पीछा किया, लेकिन शमशेर ने त्रिशूल से उन्हें हवा में ही काट दिया। राजकुमार बार-बार बूटी हथेली पर रगड़ रहा था, जिससे आस-पास के सभी राक्षस बेहोश हो रहे थे। जादुई तलवार राक्षसों को काट रही थी। राजकुमार और उसके साथियों ने जादुई चादर ओढ़ रखी थी। इसी कारण राक्षस उन्हें देख नहीं पा रहे थे। राजकुमार और उसके साथियों ने सभी राक्षसों को मार डाला। जो राक्षस बच गए, उन्हें नरहरि ने मार डाला। इसके बाद

सभी उड़नखटोले में बैठकर वापस लौट आए।

दूसरे दिन सभी साधु बाबा के पास गए। राजकुमार ने साधु के चरण-स्पर्श किए। साधु ने राजकुमार को आशीर्वाद देते हुए कहा, "बेटा, जो हिम्मत से काम लेते हैं और मुसीबतों में कभी नहीं घबराते, भगवान् केवल उन्हीं की मदद करते हैं। तुम बहादुर और नेकदिल इनसान हो।" इतना कहकर साधु बाबा से विदा लेकर चारों मित्र लालपरी के पास पहुँच गए।

लालपरी अपनी सहेली समुद्रपरी से मिलकर बहुत खुश हुई। लालपरी राजकुमार की वीरता पर मोहित हो गई। वह सोचने लगी कि ऐसी सुंदरता और वीरता बहुत कम देखने को मिलती है। परियों ने राजकुमार का बहुत स्वागत किया। राजकुमार ने जब गाना गाया तो सब परियाँ बहुत खुश हुईं। लालपरी ने राजकुमार की प्रशंसा करते हुए कहा, "राजकुमार, तुम्हें तो दो परियाँ मिल चुकी हैं। कम-से-कम तुम्हारे साथियों को एक-एक परी तो मिलनी ही चाहिए। अपने मित्रों को भी अपनी पसंद की परी चुनने दीजिए।"

राजकुमार और उसके दोस्त अपनी पसंद की परियों को लेकर वहाँ से चल दिए। अपने देश पहुँचकर वे सब नगर से बाहर एक बाग में बैठ गए। पास में ही एक तालाब था। नरहरि ने राजा को राजकुमार विशाल के आने की सूचना दे दी। बड़ा राजकुमार आकाश भी छोटे भाई के आने से बहुत प्रसन्न हुआ। बड़ा राजकुमार अपनी पत्नी से बात नहीं करता था।

वह अपनी पत्नी से तभी से नाराज था, जब उसने अपने देवर को समुद्रपरी लाने का ताना मारा था। बड़ा राजकुमार सोचता था कि उसकी पत्नी के कारण ही उसका भाई घर छोड़कर चला गया था।

राजा, मंत्री, बड़ा राजकुमार बाग में आए और गाजे-बाजे के साथ छोटे राजकुमार को महल में ले आए। लालपरी और समुद्रपरी ने एक ही पल में वहाँ संगमरमर के ऊँचे-ऊँचे महल खड़े कर दिए। परियों ने जादू से वहाँ अपने माता-पिता को भी बुला लिया। चारों ओर सोने-चाँदी से जड़े हुए शामियाने लग गए। पूरी रात जश्न मनाया गया। परियों द्वारा उत्पन्न किए गए वैभव और ऐश्वर्य को देखकर सभी नगरवासी आश्चर्यचकित थे।

दूसरे दिन राजकुमार के तीनों मित्रों का विवाह अन्य परियों के साथ कर दिया गया। बड़ा राजकुमार छोटे भाई के आने से बहुत खुश था। राजा ने शमशेर को सेनापति और मद्रसेन तथा नरहरि को भी राजदरबार में अच्छे पदों पर नियुक्त कर दिया।

राजकुमार आकाश की पत्नी अपने किए पर बहुत लज्जित थी। वह किसी से ठीक से बात भी नहीं कर पाती थी। एक दिन राजकुमार दोनों परियों के साथ अपनी भाभी के कमरे में गया। राजकुमार ने दोनों परियों से कहा, "देखो, ये मेरी भाभी हैं। झुककर इनके चरण-स्पर्श करो। इन्हीं के कारण मैंने तुम्हें पाया है। इनका मुझ पर बहुत उपकार है। यदि ये मुझे समुद्रपरी को लाने के लिए न कहतीं तो तुम दोनों मुझे कभी नहीं

मिल पातीं। इनके द्वारा दिए गए ताने के द्वारा ही यह सब संभव हुआ है।"

दोनों परियों ने अपनी जेठानी के पैर छुए। भाभी ने हँसकर कहा, "देवरजी, मुझे लज्जित मत करो। मैंने तो उस दिन तुम से मजाक किया था, लेकिन तुम बुरा मान गए। तुम्हारे जाने के बाद मुझे बहुत दुःख हुआ। परंतु फिर मैं क्या करती? तरकश से निकला हुआ तीर और जुबान से कही बात कभी वापस नहीं आ सकती।"

देवर-भाभी की बात सुनकर समुद्रपरी जोर से हँसकर बोली, "मैं आज तुम दोनों के लिए अपने हाथ से भोजन बनाऊँगी। लेकिन मेरी प्रार्थना है कि यदि भोजन में कुछ कमी रह जाए तो मुझे माफ कर देना। फिर अपना मनपसंद भोजन बनवाने के लिए किसी दूसरी परी को ले आना।"

समुद्रपरी की बात सुनकर सब जोर-जोर से हँसने लगे। तभी वहाँ पर बड़ा राजकुमार भी आ गया। समुद्रपरी ने सबको खाना परोस दिया। सबने समुद्रपरी के हाथ का बना खाना बहुत प्रेम से खाया और समुद्रपरी की बहुत प्रशंसा की।

छोटा राजकुमार अपनी भाभी से बोली, "भाभी, भोजन में कुछ कमी तो नहीं रह गई?" भाभी ने हँसकर कहा, "देवरजी, यदि मैं सब्जी में नमक ज्यादा बता दूँ तो तुम कौन सी परी लाओगे?"

देवर-भाभी की बातें सुनकर सब जोर-जोर से हँसने लगे।

खोजा और बादशाह के किस्से

सुमन अलबेला

प्रतिभा प्रतिष्ठान, नई दिल्ली

प्रकाशक : **प्रतिभा प्रतिष्ठान**
694-बी (निकट अजय मार्केट), चावड़ी बाजार, दिल्ली-110006
सर्वाधिकार : सुरक्षित / संस्करण : 2025 / मूल्य : चार सौ रुपए
मुद्रक : नरुला प्रिंटर्स, दिल्ली ISBN 978-93-80823-64-5

KHOJA AUR BADSHAH KE KISSE
by Suman Albela ₹ 400.00
Published by **PRATIBHA PRATISHTHAN**
694-B (Near Ajay Market), Chawri Bazar, Delhi-110006

दो शब्द...

विश्व के इतिहास में अनेक ऐसे व्यक्तित्वों का जन्म हुआ, उनके किस्से और कहानियों ने समाज और देश में ही नहीं अपितु पूरे विश्व को एक नई दिशा दिखाई है। मुल्ला नसरुद्दीन, बीरबल, तेनालीराम, शेखचिल्ली आदि ऐसे ही किरदार आज भी पुस्तकों में जिंदा हैं। इन्हीं किरदारों में एक नाम 'खोजा' का भी लिया जाता है। अपनी सूझ–बूझ, समझदारी तथा मानवता की भलाई के लिए काम करने वाले 'खोजा' की अनेक कहानियाँ प्रचलित हैं। इन्हीं कहानियों में से कुछ को चित्रों एवं सरल भाषा के माध्यम से हमने इस पुस्तक में प्रस्तुत करने का प्रयास किया है। खोजा की कहानियाँ रोचकता और मनोरंजकता के साथ–साथ सूझ–बूझ और समझदारी से भी ओतप्रोत हैं।

पुस्तक केवल बाल पाठकों के लिए ही नहीं अपितु प्रत्येक वर्ग के पाठकों के लिए पठनीय होगी। यह हमारा विश्वास है।

–प्रकाशक

कहाँ क्या है?

जेवरात का संदूक

एक बार बादशाह अकबर अपने दरबार में बैठे हुए थे। दरबार मुख्य सलाहकारों, वजीरों और अन्य दरबारियों से भरा हुआ था। किसी खास मुद्दे पर चर्चा चल रही थी। उसी समय दरबार में एक दरबान हाजिर हुआ। बादशाह की शान में सिर झुकाकर दरबान ने सूचना दी कि दो व्यक्ति बाहर दरवाजे पर खड़े इनसाफ की फरियाद लेकर आए हैं। बादशाह ने उन्हें दरबार में हाजिर होने की इजाजत दे दी।

दोनों व्यक्ति एक बड़े से संदूक के साथ दरबार में हाजिर हुए। बादशाह के पूछने पर उन्होंने बताया कि उनमें से एक सुनार है और दूसरा मल्लाह। जब बादशाह ने उनके आने का कारण पूछा तो सुनार ने कहा, "जिल्लेइलाही! मेरे घर-परिवार के सभी लोग दरिया पार दूसरे गाँव में रहते हैं। मैं वर्षों से आपके राज्य में रहकर गहने गढ़ने का काम करता हूँ। मैंने जीवन भर जो कुछ भी कमाया है, वह सब इस संदूक में रखा है और इसके साथ कुछ जेवरात भी हैं।" सुनार ने संदूक की ओर इशारा करते हुए कहा, सुनार फिर बोला, "आलमपनाह! अगले महीने मेरी लड़की की शादी है, इसलिए मैं ये सब लेकर दरिया पार अपने गाँव जा रहा था।

गाँव जाने के लिए मैं इस मल्लाह की नाव में बैठा और अपना ये संदूक भी मैंने इसी में रख लिया। हम दोनों आधे ही रास्ते में पहुँचे थे कि

नाव अचानक डगमगाने लगी। मैं घबरा गया और दरिया में कूद गया, जैसे-तैसे तैरकर मैं किनारे पहुँचा और अपनी जान बचाई। वहाँ से मैंने देखा कि इस मल्लाह की नाव डूबने वाली है और यह अपनी जान बचाने के लिए नदी में छलाँग लगाने जा रहा था, उसी क्षण मेरी दृष्टि इस संदूक पर जा टिकी, जिसमें मेरी जीवन भर की जमापूँजी भरी थी। मैं इसे किसी भी तरह बचाना चाहता था, क्योंकि अपनी लड़की की शादी करने का मेरे पास यही एक जरिया है। तब मैंने इस मल्लाह से कहा कि किसी भी तरह मेरा ये संदूक नदी से बाहर निकाल लाओ। तब इसने कहा, 'मैं संदूक तो दरिया से बाहर निकाल लाऊँगा, लेकिन एक शर्त है, जो चीज मुझे अच्छी लगेगी, वह मैं तुझे दूँगा, बाकी सब मेरा।'

"हुजूर! फिर यह संदूक दरिया से बाहर निकाल लाया। अब संदूक में रखे सारे जेवरात और धन लेकर खाली संदूक मुझे दे रहा है। मैं बरबाद हो जाऊँगा, अन्नदाता! यह मेरी जीवन भर की कमाई है, जिसे यह हड़प कर जाना चाहता है। कम-से-कम मेरी आधी दौलत तो मुझे दिला दीजिए। मुझे इनसाफ दिला दीजिए, मुझे इनसाफ दीजिए।"

बादशाह और दरबारी दोनों ही मल्लाह के पक्ष में दिखाई पड़ रहे थे, क्योंकि सुनार ने ही मल्लाह को जुबान दी थी।

खोजा जो कि बादशाह के खासमखास थे, वह कुछ अलग ही नजरिए से इस मामले को देख रहे थे। अपनी चुप्पी तोड़ते हुए उन्होंने कहा, "आलमपनाह! इजाजत दें तो मैं इस मामले का निपटारा करूँ।"

"बेशक, बेशक!" बादशाह ने खुश होकर कहा, "आज हम तुम्हारा इनसाफ देखना चाहते हैं, खोजा।"

खोजा ने कहा, "सुनार की बातों को सुनकर तो नहीं लगता कि उसके साथ कोई नाइनसाफी हुई है, क्योंकि मल्लाह ने अपनी जान पर खेलकर इस संदूक को नदी में डूबने से बचाया है। लेकिन एक बार फिर भी मैं यह सारी दास्तान मल्लाह के मुँह से सुनना चाहता हूँ कि क्या वास्तव में यही शर्त तय हुई थी, जो सुनार ने बताई है?"

"जी जनाब! बिलकुल। बिलकुल यही शर्त तय हुई थी और अब यह सुनार अपनी बात से मुकर रहा है।" मल्लाह ने उत्साहित होते हुए कहा।

"हूँ! यानी तुम भी सुनार की बात से इत्तेफाक रखते हो। लेकिन मैं पूरी शर्त तुम्हारे मुँह से सुनना चाहता हूँ।"

"जनाब! शर्त के मुताबिक अगर मैं जेवरात का वह संदूक दरिया से सही-सलामत बाहर निकाल लाया तो अपनी पसंद की वस्तु इसे देकर बाकी मैं रख लूँगा।" मल्लाह ने तपाक से बताया।

"जाहिर सी बात है कि संदूक नहीं, उसके अंदर का सामान तुम्हारी पसंद की चीज है।"

"जी हुजूर!" मल्लाह ने कहा।

"ओ खुदा के बंदे! फिर बात को इतनी आगे बढ़ाने की जरूरत ही क्या थी? संदूक के अंदर का सारा सामान सुनार को दे दो और खाली संदूक तुम रख लो।"

काटो तो खून नहीं, मल्लाह की हालत ऐसी दिखाई पड़ रही थी। वह बस फटी आँखों से खोजा को देखे जा रहा था। खोजा ने अपनी बात स्पष्ट करते हुए कहा, "अभी तुम्हीं ने बताया कि शर्त के मुताबिक अपनी पसंद की चीज इसे देकर बाकी तुम रख लोगे। अभी तुमने ही कहा कि संदूक के अंदर का सामान तुम्हें पसंद है। तो अब अपनी शर्त पूरी करो, संदूक के अंदर का सामान सुनार को दे दो और संदूक तुम ले जाओ।"

बादशाह ने खोजा की बुद्धिमत्ता की भूरि-भूरि प्रशंसा की। दरबार में हर ओर वाह-वाह गूँज उठी। हर कोई इस फैसले की सराहना कर रहा था।

सुनार जो बेहद दुखी होकर दरबार में इनसाफ माँगने आया था, इस इनसाफ से बहुत खुश था। अपना सारा सामान पाकर वह खोजा को मुँह भर-भरकर दुआएँ देता हुआ चला गया।

खोजा बहुत ही बुद्धिमान व्यक्ति थे। उनके पास लगभग सभी उलझनों का हल मिल जाता था। बादशाह भी उनकी अक्लमंदी के कायल थे। जितने वे अपनी बुद्धिमानी के लिए मशहूर थे, उतने ही अपनी नेकदिली और परोपकार के लिए भी। उन्हें अपनी बुद्धिमानी के लिए आए दिन बादशाह सलामत से इनाम मिलते रहते थे, जिनमें से ज्यादातर को वे दीन-दुखियों और गरीबों में बाँट दिया करते थे। इसके बाद भी उनके पास धन की कोई कमी न थी। उनका मानना था कि दान देने और गरीबों की मदद करने से बरक्कत होती है, लेकिन वे इस बात के लिए भी चौकन्ने रहते थे कि उनकी दानशीलता का कहीं कोई गलत लाभ न उठा ले, कोई ढोंगी आदमी स्वयं को दीन-हीन दिखाकर उन्हें ठग न ले।

बादशाह सलामत ने सुन रखा था कि कोई भी खोजा की पारखी नजर से नहीं बच सका। चाहे वह किसी भी रूप में आकर उन्हें छलना चाहे, लेकिन वह उसे पहचान ही लेते हैं। तब एक बार बादशाह सलामत का मन भी आतुर हो उठा कि खोजा की परख का इम्तिहान लिया जाए। उन्होंने अपने कुछ खास दरबारियों के साथ मिलकर एक योजना बनाई और अपने एक सैनिक का बड़ा ही दीन-हीन वेश बनवाकर खोजा के पास सहायता माँगने के लिए भेजा। उससे कहा कि यदि वह खोजा को छलकर उनसे आर्थिक सहायता प्राप्त कर लेगा तो बादशाह से इनाम पाएगा।

सवेरे-सवेरे रोज की तरह खोजा मसजिद से लौट रहे थे, तभी बड़ी ही दीन-हीन अवस्था में एक व्यक्ति उनके पास आया। उसके शरीर पर बड़ा ही मैला और जगह-जगह पैबंद लगा हुआ एक लबादा था। मानो मुद्दत से बाल कंघी न किए थे और नाखूनों में दुनिया-जहान का गंद भरा था, मुँह और हाथ-पैरों पर इस कदर धूल जमी थी मानो धूल के बवंडर से निकलकर आ रहा हो। उस व्यक्ति ने कहा, "या गरीब निवाज! मेरी मदद करो, मुझ पर दया करो। घर में मेरे छोटे-छोटे बच्चे हैं और खाने को अनाज का एक दाना भी नहीं है। कहते हैं कि भूखों का पेट भरना सबसे बड़ा पुण्य का काम है, हम सब हफ्ते भर से भूखे हैं। अन्नदाता! आप हम भूखों को भरपेट खाना अवश्य देंगे, यही आस लेकर मैं आपके पास आया हूँ। मेरी आस न तोड़ना।"

उस व्यक्ति की आवाज उसके शब्दों का साथ नहीं दे रही थी, जिसे सुनकर खोजा को कुछ संदेह हुआ। उन्होंने उसे नीचे से ऊपर तक देखा, जिससे मामला कुछ-कुछ उनकी समझ में आने लगा, क्योंकि उसके पैरों की जूती कुछ और कह रही थी।

तब कुछ सोचकर खोजा चुपचाप आगे बढ़ गए। वे एक ऐसे रास्ते की ओर आगे बढ़ रहे थे, जहाँ से नदी पार करके आगे जाना पड़ता था। आँखों में मदद की आस लिये वह व्यक्ति खोजा के पीछे-पीछे चल पड़ा। नदी पार करने के लिए खोजा ने अपनी जूती उतारकर हाथ में ले ली। उस व्यक्ति ने भी वैसा ही किया और अपनी फटी हुई जूतियाँ हाथ में लेकर नदी पार करने लगा।

नदी से बाहर निकलकर खोजा नंगे पैर ही पथरीले रास्ते पर चलने

लगे, किंतु वह व्यक्ति जब उनके पीछे वहाँ तक आया तो दो-चार कदम चलते ही उसने अपनी जूती पहन ली। यह देखकर खोजा थोड़ा मुसकराए, फिर आगे बढ़ गए और ये बात भी उनसे छिपी नहीं थी कि नदी पार करते समय उसके पैरों की धूल धुल गई और उसके नीचे छिपी गोरी-चिट्टी और मुलायम चमड़ी दिखाई देने लगी थी। मुलायम पैरों से वह कंकड़ों पर नहीं चल सकता था।

"अन्नदाता! आप इस दीन-हीन को अनदेखा क्यों कर रहे हैं, क्यों मेरी पुकार को अनसुना कर रहे हैं?"

"तुम मुझे पाप का भागी बना रहे हो, और चाहते हो कि मैं तुम्हारी पुकार सुनूँ।" खोजा ने कहा।

"यह क्या कह रहे हैं, अन्नदाता! मेरी सहायता करके भला आप पाप के भागी क्यों बनेंगे।"

"मैं ऐसा इसलिए कह रहा हूँ, क्योंकि ऊपर वाला अपने बच्चों पर सदैव अपनी दयादृष्टि रखता है। वह इनसान को भूखा उठाता है, लेकिन भूखा सुलाता नहीं है। उसका एक भी बच्चा जब तक भूखा रहता है, वह खुद भोजन नहीं करता। वह जिसे दुनिया में भेजता है, उससे पहले उसके भोजन की व्यवस्था निश्चित कर देता है। इसका प्रत्यक्ष उदाहरण है कि बच्चे के जन्म से पहले ही वह परमात्मा उसकी माँ के स्तनों में दूध देकर उसके भोजन का प्रबंध कर देता है; जबकि तुम कह रहे हो कि तुम्हारा परिवार हफ्ते भर से भूखा है। इसका तो सीधा अर्थ है कि अवश्य ही खुदा तुमसे बहुत रुष्ट है, इसलिए उसने तुम्हें और तुम्हारे परिवार को भूखा रखा है। मैं तो उसका मामूली सेवक हूँ। भला मैं उसके खिलाफ

जाकर तुम्हें भोजन कैसे दे सकता हूँ। मुझमें इतनी सामर्थ्य नहीं कि उससे बैर मोल लूँ। अतः तुम कोई दूसरा द्वार देखो, जो खुदा से भय न खाता हो।"

उस व्यक्ति को खोजा से ऐसे उत्तर की आशा कदापि नहीं थी। वह अपना सा मुँह लेकर चला गया।

बादशाह का सैनिक बड़े ही आत्मविश्वास के साथ खोजा को ठगने आया था, किंतु जब उसकी दाल न गली तो उसने दरबार में जाकर बादशाह और दरबारियों को पूरी कहानी कह सुनाई।

बादशाह को समझते देर न लगी कि खोजा के सामने उसकी चाल नाकाम हो गई है। उन्होंने खोजा को दरबार में हाजिर होने का आदेश दिया। अगले दिन खोजा दरबार में पहुँचे तो बादशाह ने कहा, "खोजा! हमने तो तुम्हारे धर्म-कर्म की बड़ी चर्चा सुनी थी। मगर सुना है कि कल तुमने एक जरूरतमंद की मदद नहीं की। कहीं ऐसा तो नहीं कि तुम अपना रास्ता बदल रहे हो।"

"नहीं आलमपनाह!" खोजा ने सिर झुकाकर उत्तर दिया, "नाचीज तो अभी भी खुदा की राह पर ही चल रहा है, लेकिन वह एक ढोंगी था, जो भूखे का वेश धरकर मुझे बेवकूफ बनाने आया था, और मैं यह भी जानता हूँ कि वह आप ही का भेजा हुआ कोई खादिम था।"

यह सुनकर जहाँ एक ओर बादशाह की आँखें आश्चर्य से फटी रह गईं, वहीं दूसरी ओर उनमें खोजा के लिए प्रशंसा के भाव थे।

"तुमने कैसे जाना कि यह सारा हमारा फैलाया हुआ खेल है?"

"इसके दो कारण थे।" खोजा ने बड़े आत्मविश्वास के साथ कहा, "हूजूर! एक तो उसकी बातें, दूसरे उसके पैर और जूतियाँ। उसने वेश तो अच्छा बनाया था, लेकिन उसकी आवाज उसे एक सभ्य व्यक्ति दरशा रही थी, जबकि बातें वह किसी दरिद्र के जैसी कर रहा था। दूसरे, उसके पैरों की जूतियाँ तो फटी और टूटी थीं, लेकिन बड़ी ही कीमती और नई थीं। जूतियाँ उसे भीख में मिली हों, लेकिन उसके कोमल-मुलायम पैर भला किसने भीख में दिए होंगे, जो कंकड़ की चुभन भी नहीं सह पा रहे थे, जैसे कभी कंकड़ पर चले ही न हों। भला ऐसा हो सकता है कि कोई भिखारी मखमल पर चलता हो, कंकड़ पर नहीं।"

यह कहते हुए खोजा ने सारी बात बताई कि किस प्रकार उसकी परीक्षा लेकर उन्होंने जाना कि वह कोई गरीब भिखारी नहीं बल्कि किसी अच्छे-खासे खानदान का खाता-पीता व्यक्ति है।

"बात तो तुमने पते की कही है, खोजा। वह मेरे खास सैनिकों में से एक है, तो खाते-पीते घर का तो उसे होना ही था।" बादशाह ने खुश होते हुए खोजा की पीठ थपथपाई। उन्होंने कहा, "हम पहले से ही तुम्हारी अक्लमंदी के कायल थे, लेकिन आज एक बार फिर तुमने साबित कर दिया कि तुम्हें धोखा दे पाना टेढ़ी खीर है। यह सुनते ही उन सभी दरबारियों की गरदनें झुक गईं, जो इस साजिश में बादशाह के साथ शामिल थे।

उपाधि पंडित की

एक दिन की बात है, बादशाह अपने दरबार में बैठे थे। हमेशा की तरह दरबार उनके खासमखास सलाहकारों से भरा हुआ था। लेकिन आज दरबार में चर्चा का विषय कोई महत्त्वपूर्ण मुद्‌दा नहीं बल्कि बड़े ही मनोरंजक किस्से थे। दरबार ठहाकों से गूँज रहा था। बादशाह बहुत ही खुश दिखाई दे रहे थे, यह देखकर सभी दरबारी स्वयं को बहुत हलका महसूस कर रहे थे, क्योंकि दरबार में ऐसा माहौल कभी-कभी ही होता था।

तभी दरबार में एक दरबान उपस्थित हुआ और बादशाह के सामने सिर झुकाकर बोला, "जिल्लेइलाही! दरवाजे पर एक व्यक्ति खड़ा है, जो आपसे मिलने की जिद पकड़े हुए है। हमारे बार-बार मना करने पर भी वह आपसे मिले बिना जाने को तैयार नहीं है।"

"पेश किया जाए!" बड़ी ही रुआबदार आवाज में बादशाह ने कहा।

दूसरे ही क्षण एक व्यक्ति वहाँ उपस्थित हुआ, जिसके सिर से चोटी के अतिरिक्त अन्य सभी बाल गायब थे। बदन पर धोती-कुरता पहने था। आते ही उसने करबद्ध हो सिर झुकाकर बादशाह का अभिवादन किया और विनम्रतापूर्वक बोला, "हे बादशाह! आपके राज्य में सभी को सब

प्रकार का सुख है, मैं भी मनोकामना-पूर्ति की आस लेकर आपके पास आया हूँ।"

"कौन हो तुम और क्या चाहते हो?" बादशाह ने बड़े शांतभाव से पूछा।

"महाराज, मैं एक निर्धन ब्राह्मण रामदास हूँ। गरीब होने के कारण मेरा कहीं कोई मान नहीं है और इससे भी बड़ी विडंबना यह है कि ब्राह्मण होते हुए भी मैं साक्षर नहीं हूँ, यहाँ तक कि मेरे पूर्वजों की चली आ रही पुरोहिती भी मैंने नहीं सीखी। इसी कारण गुजर-बसर करने के लिए मेहनत-मजदूरी करता हूँ।"

रामदास बिना किसी लाग-लपेट के अपनी बात कहता जा रहा था और बादशाह सहित सभी दरबारी उसकी बात बड़े ध्यान से सुन रहे थे। यह देख रामदास और अधिक उत्साह के साथ बोला, "हे भूपति! आपका यश चारों ओर फैला हुआ है, कुछ भी ऐसा नहीं जो आप करने में सक्षम न हों, अतः मैं बड़ी आशा के साथ आपसे यह माँगने आया हूँ कि आप मुझे अपनी ओर से कोई ऐसा सम्मान प्रदान करें, जिससे लोग मुझे मेरे नाम रामदास से न पुकारें वरन् ससम्मान पंडितजी, पंडितजी कहकर संबोधित करें।"

मामला बड़ा पेचीदा था। बादशाह सोच में पड़ गए। दरबार में सन्नाटा छा गया, जिसे देखकर कोई नहीं कह सकता था कि कुछ ही देर पहले इस दरबार में ठहाकों की गूँज रही होगी। बादशाह के मस्तिष्क में

बार-बार यही विचार घूम रहा था कि एक अज्ञानी को वे पंडित की उपाधि कैसे दे दें। ये तो सीधे तौर पर ज्ञानी व्यक्तियों के साथ अन्याय और उनका अपमान होगा।

बादशाह के दरबार से कोई याचक खाली नहीं लौटता था, इसलिए बड़े बोझिल मन से उन्होंने कहा, "देखो रामदास! तुम्हें अगर कुछ और चाहिए तो हम से माँग लो, किंतु पंडित का पद तुम्हें देना थोड़ा मुश्किल है।"

"क्षमा करें दयानिधे! मैं तो बड़ी आशा से आपके पास यही माँगने आया था। किंतु यदि आपके लिए यह संभव नहीं तो ।"

रामदास के शब्दों से बादशाह सलामत असमंजस में पड़ गए। उनके मन की उथल-पुथल खोजा से छिप न सकी और उन्होंने खड़े होकर कहा, "अगर आलमपनाह इजाजत दें तो मैं इस मामले में हस्तक्षेप करना चाहूँगा, जिससे इसकी मंशा पूरी कर सकूँ।"

"बेशक, बेशक खोजा! अगर तुम किसी के भी साथ नाइनसाफी किए बगैर इस आदमी की मुराद पूरी कर दो तो हम तुम्हें बड़ा इनाम देंगे।"

बादशाह ने खोजा की आँखों में झाँकते हुए पूछा, "लेकिन तुम ऐसा करोगे कैसे?"

सारे दरबारियों की दृष्टि खोजा पर ही टिकी थी। बादशाह की उत्सुकता बढ़ती जा रही थी। उन्होंने पूछा, "अरे खोजा! एक बात बताओ तो सही, तुम क्या करने वाले हो?"

खोजा ने उत्तर दिया, "बादशाह सलामत! अभी मैं ज्यादा कुछ नहीं

बता सकता, बस इतना कह सकता हूँ कि मैं सरे बाजार रामदास को पंडित की उपाधि दिलवा दूँगा। इससे ज्यादा जानने के लिए आपको कुछ घंटे इंतजार करना पड़ेगा। लेकिन मेरा वादा है आपसे कि शाम तक आप इसे उपाधि प्राप्त पंडित के रूप में देखेंगे।"

"हम शाम का इंतजार करेंगे।" बादशाह ने कहा।

"अब शाम तक के लिए इजाजत दीजिए, आलमपनाह।" कहकर खोजा रामदास को अपने साथ लिवाकर ले गए। उन्होंने उसे अपनी योजना समझाई। "देखो तुम्हें चिंतित होने की कोई आवश्यकता नहीं है, जैसा मैं कहूँ तुम बस वैसा ही करते रहना। सबसे पहले तुम जाकर किसी चौराहे पर खड़े हो जाना। यदि वहाँ कोई तुम्हें पंडित कहकर पुकारे तो उसे मारने के लिए दौड़ना। फिर समझो कि तुम पंडित के नाम से मशहूर हो गए, क्योंकि उसके बाद तुम कहीं भी जाओगे, लोग पंडित ही पंडित कहकर पुकारेंगे। लोगों को तुम्हारा नाम याद भी नहीं रहेगा।"

खोजा की योजना सुनकर रामदास की बाँछें खिल गईं। वह बहुत खुश हो गया और एक चौराहे पर जा खड़ा हुआ। वहीं एक ओर खोजा ने कुछ बच्चों को एकत्रित किया और उन्हें खाने के लिए मिठाई आदि दीं। बच्चे मिठाई लेकर बहुत खुश हुए, तब खोजा ने उनसे कहा, वह जो सिर पर पगड़ी पहने लंबा सा आदमी चौराहे पर खड़ा है, जिसके हाथों में छड़ी है, उसके पास जाकर पंडित-पंडित कहकर उसे चिढ़ाकर भाग आओ तो और मिठाइयाँ मिलेंगी।"

बच्चों ने वैसा ही किया, वे रामदास के पास गए और पंडित-पंडित पुकारकर उसके चारों ओर भागने लगे। रामदास अपने हाथ में पकड़ी छड़ी को उठाकर बच्चों को धमकाने के लिए उनके पीछे दौड़ा। वह उन्हें बुरा-भला भी बोल रहा था। वह लोगों को यह दिखाने का भरसक प्रयास कर रहा था कि पंडित संबोधन सुनकर वह चिढ़ रहा है। इसमें वह काफी सफल भी रहा।

बच्चों के चिढ़ाने और उसकी भागदौड़ में बड़े लोग भी हिस्सा लेने लगे।

एक नहीं कई चौराहे पर यही सब दोहराया गया।

शाम को जो नतीजा निकला, वह खोजा की सोच के अनुरूप ही था। बहुत से लोग रामदास को पहचानने लगे थे, वह जहाँ से गुजरता, लोग उसे पंडित-पंडित कहकर आवाज देने लगते थे।

उधर बादशाह सबकुछ जानने के लिए बेचैन हो रहे थे, इसलिए उन्होंने कुछ सेवकों को खोजा के पीछे भेज दिया था। सेवकों ने शाम को बादशाह को सारा हाल कह सुनाया कि किस प्रकार खोजा ने सरे बाजार लोगों के मुँह से रामदास को 'पंडित' कहलवाया और लोग रामदास को पंडित-पंडित कहकर बुला रहे हैं।

बादशाह एक बार फिर खोजा की बुद्धिमानी को शाबाशी देने लगे।

एक बार बादशाह सलामत के मन में आया कि सिपाहियों के लिए युद्ध में पहनने के लिए लोहे के ऐसे बख्तर बनवाए जाएँ, जिनके प्रयोग से सिपाही युद्ध में शत्रु के हथियारों के वार से ज्यादा समय तक खुद को बचा सकें। यही सोचकर उन्होंने राज्य के सबसे कुशल कारीगर को बुलवाया और अपनी सोच बताते हुए लोहे का बख्तर तैयार करने का हुक्म दिया। कारीगर बहुत खुश हुआ, उसने सोचा, अगर बादशाह को काम पसंद आ गया तो वे उसे बहुत बड़ा इनाम देंगे। अतः उसने जी तोड़ मेहनत करके अपनी ओर से लोहे का सबसे अच्छा बख्तर तैयार किया और कुछ ही दिनों बाद बादशाह के दरबार में पेश हुआ।

बख्तर वास्तव में बेजोड़ बना था। उसे देखकर बादशाह के मुँह से यकायक ही निकल गया, "वाह, बहुत खूब! देखने में तो बहुत खूबसूरत है, लेकिन इसकी मजबूती परखना भी जरूरी है।" ऐसा कहकर बादशाह ने एक काठ के पुतले को बख्तर पहनाने का हुक्म दिया और स्वयं तलवार लेकर उसकी मजबूती को परखने के लिए गए। बादशाह के कहे अनुसार वह बख्तर एक काठ के पुतले को पहना दिया गया था। उसकी मजबूती की परीक्षा लेने के लिए ज्यों ही बादशाह ने पुतले पर तलवार का जोरदार वार किया, त्यों ही वह पुतले के आर-पार हो गया।

बादशाह इसे देखकर क्रोधित हुए। उन्होंने कारीगर से कहा, "हमें लड़ाई के मैदान में पहनने के लिए मजबूत बख्तर चाहिए, ऐसा कमजोर नहीं। इसे लेकर हम क्या करेंगे। हमें ऐसा बख्तर चाहिए, जो युद्ध में बचाव कर सके। जाओ, इस बार ऐसा बढ़िया और मजबूत बख्तर बनाओ जैसा हम चाहते हैं। याद रखना, अगर बख्तर हमारी कसौटी पर खरा नहीं उतरा तो तुम्हारी गरदन उड़ा दी जाएगी।" कारीगर को काटो तो खून नहीं, उसके पैरों तले से जमीन खिसक रही थी। बादशाह के क्रोध के कारण वह मारे डर के काँप रहा था। उसने बादशाह से इजाजत ली और सलाम करके जैसे-तैसे अपने घर तक आया और धम्म से बैठ गया।

भय के कारण पीले पड़े उसके चेहरे को देखकर उसकी पत्नी ने इसका कारण पूछा तो उसने महल में घटी पूरी घटना उसे कह सुनाई और बोला, "अब बादशाह की तलवार से मुझे कोई नहीं बचा सकता।"

उसकी पत्नी बहुत समझदार थी। वह उसे समझाते हुए बोली, "किसी बात से एकदम हार मान लेना कोई समझदारी नहीं। बड़ी-से-बड़ी मुश्किल का कोई-न-कोई हल जरूर होता है। तुम मर्द हो, तुम्हें ऐसे डरना शोभा नहीं देता। अगर तुम्हें इस मुसीबत से निकलने का कोई उपाय नहीं सूझ रहा है तो खोजा बादशाह के पास जाओ, वे कोई-न-कोई उपाय जरूर बताएँगे।" पत्नी की बातों ने कारीगर को थोड़ी हिम्मत दी और वह खोजा के पास चल दिया। उसने सारा हाल उनके सामने बयाँ कर दिया और अपनी जान बचाने की फरियाद करने लगा।

कुछ सोचकर खोजा ने उससे कहा, "इस बार तुम बख्तर कुछ अलग नमूने का बनाना। बख्तर बादशाह के पास ले जाने पर जब उसे काठ के पुतले को पहनाने का आदेश दें तो तुम उनसे गुजारिश करना कि बख्तर का इम्तहान काठ के पुतले पर न करके तुम्हारे ऊपर करें। मुझे विश्वास है कि बादशाह तुम्हें इसकी इजाजत जरूर देंगे। खेल खतरनाक है, तुम्हारी जान का सवाल, जो दोनों ही सूरतों में जा सकती है। अगर बख्तर काठ के पुतले ने पहना जब भी, और तुमने पहना तब भी। इसलिए चौकन्ने रहना और ध्यान रखना कि जैसे ही बादशाह या कोई और तुम्हारे बख्तर पर तलवार चलाने के लिए झपटे तो तुम एकाएक इतने भयानक रूप में चिल्लाना कि किसी को कुछ समझ आए, उनका हाथ तुम्हारे ऊपर चलने से पहले वे परेशान होकर दूर जाकर खड़ा हो जाए।

अगर तुमने अपनी भूमिका ठीक से निभाई तो निश्चित रूप से तुम्हारी जान बच जाएगी। बादशाह यह जरूर जानना चाहेंगे कि तुम क्यों चिल्लाए, तुम कहना कि हुजूर, मेरे इस बख्तर को पहनकर काठ का पुतला युद्ध में नहीं जाएगा। इसे कोई इनसान ही वहाँ पहनकर खड़ा होगा, जिसमें कुछ-न-कुछ शक्ति तो अवश्य ही होगी और हर जीता-जागता इनसान अपनी जान बचाने के लिए कुछ-न-कुछ तो अवश्य करेगा। वह अपने प्रतिद्वंद्वी का मुकाबला करने का भरसक प्रयास करेगा और शत्रु को भी इस बात का कुछ तो खौफ होगा ही न कि वह इस बख्तर को सरलता से तोड़ने में सफल नहीं हो सकेगा।"

खोजा की बताई युक्ति ने उसके बेजान शरीर में एक बार फिर से जान फूँक दी। उसने फिर से एक लोहे का बख्तर बनाया और दो दिन बाद बादशाह के सामने पेश हुआ। बादशाह ने फिर से उसे काठ के पुतले को पहनाने का आदेश दिया।

कारीगर खोजा की बताई युक्ति का पूरा अभ्यास करके आया था। अतः उसने खोजा की बताई हुई बात को दोहराकर बादशाह से फरियाद की कि इस बख्तर का परीक्षण उसके शरीर पर किया जाए। उसकी फरियाद को मानते हुए बादशाह ने एक कुशल सिपाही को हुक्म दिया कि होशियारी के साथ तलवार चलाकर बख्तर की परीक्षा करे। जैसे ही सिपाही ने कारीगर पर तलवार का वार करने के लिए अपना हाथ ऊपर उठाया, कारीगर उसी क्षण बड़े जोर से कड़ककर सिपाही की ओर लपका। सिपाही हक्का-बक्का रह गया। उसकी तलवार उठी की उठी रह गई और वह डरकर दूर जा खड़ा हुआ।

बादशाह ने कारीगर से उसकी इस हरकत का कारण पूछा। कारीगर ने बिना चूके तपाक से हू-ब-हू वही उत्तर दिया, जो खोजा ने उसे पढ़ाया था।

"बात तो तुमने पते की कही है बरखुरदार, लेकिन यह सब तुम्हारी सोच नहीं हो सकती। सच-सच बताओ, यह सलाह तुम्हें किसने दी?" बादशाह ने कड़कते हुए पूछा।

कारीगर ने बिना झिझके सबके सामने सारी बात सच-सच कह सुनाई। खोजा की बुद्धिमानी से एक बार फिर किसी निर्दोष के प्राण बच गए। इस बात से सभी दरबारी और स्वयं बादशाह बहुत खुश हुए।

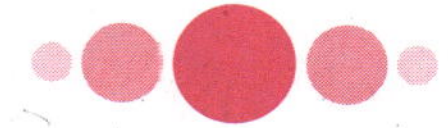

बड़ा मनहूस कौन

एक बार पूरे राज्य में चर्चा फैली हुई थी कि सवेरे उठकर अलीबहादुर की शक्ल देखने का धर्म नहीं है। अलीबहादुर पेशे से कुम्हार था। उसके विषय में लोगों की धारणा थी कि यदि कोई सवेरे उठकर उसका चेहरा देख ले तो उसे पूरे दिन भोजन के लाले रहते हैं। इसलिए लोग उसे मनहूस मानते थे। अफवाहों का बाजार गरम होते-होते खबर बादशाह के कानों तक जा पहुँची। उन्होंने इस बात की सच्चाई को परखने का निर्णय लिया और रात में एक सेवक को भेजकर अलीबहादुर को महल में बुलवाया। अलीबहादुर महल में पहुँचा तो उसकी खूब खातिरदारी की गई। जो कभी सपने में भी नहीं देखा था, ऐसा भोजन पाकर उसकी आत्मा तक तृप्त हो गई, किंतु वह समझ नहीं पा रहा था कि आखिर बादशाह उस पर यह मेहरबानी क्यों कर रहे हैं।

बादशाह ने रात में सोने के लिए अली बहादुर का बिस्तर अपने ही कक्ष में लगवाया। सुबह-सुबह उठकर बादशाह ने सबसे पहले उसे उठाकर उसकी खैरियत पूछी और फिर रोज की तरह अपनी दिनचर्या में लगे। संयोग से बादशाह अपने कार्यों में जुटे तो उनमें ऐसे उलझकर रह गए कि समय पर नाश्ता नहीं कर पाए।

दोपहर के भोजन का समय हुआ तो बादशाह के सामने शाही परोसे गए। किंतु उसी समय कोई फरियादी दरवाजे पर आकर इनसाफ की

दुहाई देने लगा और बादशाह भोजन को छोड़ दरबार में चले गए। शाम हो चली थी, किंतु बादशाह के मुँह में एक निवाला नहीं गया था।

अब वे इसी नतीजे पर पहुँचे कि वास्तव में अलीबहादुर मनहूस है। इसका जिंदा रहना दूसरों के लिए परेशानियों का सबब बन जाएगा।

बादशाह ने उसी वक्त सिपाहियों को बुलाकर कहा, "अलीबहादुर की मनहूसियत साबित हो चुकी है, इसीलिए कल शाम इसे सरेआम फाँसी पर लटका दिया जाए।"

बादशाह के हुक्म की तुरंत तामील की गई और अलीबहादुर को उसी समय गिरफ्तार करके कारागार में डाल दिया गया।

पौ फटते ही यह खबर जंगल की आग की तरह पूरे राज्य में फैल गई। यह बात जब खोजा ने सुनी तो मामले को समझने में उन्हें देर न लगी। वे तुरंत दरबार में पहुँचे और बादशाह से इजाजत लेकर अलीबहादुर से मिलने कारागार में गए।

खोजा को देखते ही अलीबहादुर उनके पैरों में गिरकर रोने-गिड़गिड़ाने लगा, "मुझे बचा लीजिए, मैं बेकसूर हूँ, मैंने तो कुछ भी नहीं किया, मेरी मदद कीजिए, नहीं तो मैं बेमौत मारा जाऊँगा और मेरे बच्चे अनाथ हो जाएँगे।"

"कुछ नहीं होगा तुम्हें, मैं विश्वास दिलाता हूँ। बादशाह सलामत खुद तुम्हारी फाँसी की सजा रोक देंगे, लेकिन इसके लिए तुम्हें वैसा ही करना होगा जैसा मैं कहूँगा।" खोजा ने अलीबहादुर को कंधे पकड़कर उठाते हुए कहा।

फिर खोजा उसे धीरे-धीरे कुछ समझाने लगे।

"जी हुजूर, मैं बिलकुल ऐसा ही करूँगा, मुझसे कोई गलती न होगी।" अलीबहादुर ने अपने हाथ जोड़ते हुए कहा। खोजा वहाँ से चले गए। जैसे-जैसे समय बीत रहा था, अलीबहादुर के दिल की धड़कनें तेज होती जा रही थीं। उसे एक ओर तो पूरा विश्वास था कि खोजा की तरकीब जरूर काम करेगी, लेकिन उसका घबराया मन बार-बार यही सोच रहा था कि यदि यह तरकीब कामयाब न रही तो उसकी मौत निश्चित है। यही सोचकर वह भीतर तक काँप जाता था। तभी अचानक कारागार का दरवाजा खुला। अलीबहादुर चौंक पड़ा। उसके सामने सिपाही खड़े थे, जो उसे साक्षात् यमदूत दिखाई दे रहे थे।

"अलीबहादुर! बादशाह ने हुक्म फरमाया है कि तुम्हारी कोई आखिरी तमन्ना हो तो बता दो।" सैनिक ने कहा।

"हाँ दरोगाजी!" अलीबहादुर ने कहा, "मैं जिल्लेइलाही से पूछना चाहता हूँ कि मेरी सुबह-सुबह शक्ल देखने पर उन्हें पूरे दिन का खाना नसीब नहीं हुआ, जबकि मैंने सुबह-सुबह उनकी शक्ल देखी तो मुझे तो सजाए मौत का फरमान मिल गया। सुबह उनकी शक्ल देखने के बाद मुझे तो शाम को ही फाँसी चढ़ना पड़ रहा है।"

यह सुनते ही दरोगा बिफर गया। वह गुर्राकर बोला, "मौत की खबर सुनकर दिमाग ठिकाने पर नहीं रह गया तेरा, जो ऐसी ऊल-जुलूल बातें कर रहा है। यदि बादशाह ने सुन लिया तो तेरी...।"

"तो मेरी क्या? फाँसी से भी बढ़कर क्या कोई सजा है, जिसे मेरे लिए

मुकर्रर कर दिया जाएगा।" अलीबहादुर ने व्यंग्य से मुसकराते हुए कहा, "देखो भाई! मैं तो अपने आखिरी समय में बस यही चाहता हूँ, बादशाह सलामत चाहें तो पूरी कर दें मेरी ख्वाहिश, वरना उनकी मरजी। जाओ, जाकर उन्हें बता दो, मुझे और कुछ नहीं चाहिए।"

जब बादशाह ने सिपाहियों के मुँह से अलीबहादुर की अंतिम इच्छा सुनी तो सकते में आ गए। वे एक पल के लिए मानो बुत बन गए। फिर बोले, "अली बहादुर की फाँसी की सजा रद्द की जाती है, उसे तुरंत हमारे सामने पेश किया जाए।"

कुछ ही देर बाद अलीबहादुर बादशाह के सामने सिर झुकाए खड़ा था। उसे समझ नहीं आ रहा था कि क्या होने वाला है। दरबार में सन्नाटा पसरा हुआ था। तभी बादशाह ने अपनी चुप्पी तोड़ी और बोले, "घबराओ नहीं, तुम्हारी मौत टल चुकी है।" बादशाह ने उसे सम्मान सहित अपने पास बैठाया और प्यार से पूछा, "यह बात तुम्हारे दिमाग में कैसे आई?"

"हुजूरेआली! मैं तो निरा मूर्ख इनसान हूँ, भला मैं ऐसी बातें कहाँ सोच सकता हूँ। यह तरकीब तो खोजा की है।"

"ओह!" बादशाह के चेहरे पर मुसकान बिखर गई, फिर वे बोले, "एक बार फिर अपनी बुद्धि का इस्तेमाल करके खोजा ने एक बेकसूर की जान बचा ली। लाजवाब है खोजा!"

अलीबहादुर को बादशाह की ओर से ढेर सारे इनाम मिले और वह खुशी-खुशी अपने घर चला गया।

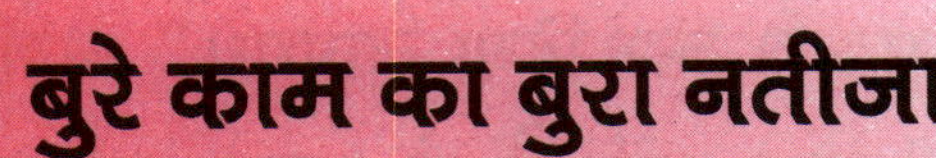

बुरे काम का बुरा नतीजा

एक बार की बात है, बादशाह अपने कुछ खास दरबारियों के साथ शिकार के लिए कहीं दूर गए हुए थे। उसी दौरान राज्य में भीषण बाढ़ आ गई, जिसका कारण भारी वर्षा का लगातार होना था। बाढ़ में गाँव के गाँव तबाह हो गए। हजारों पशु मर गए। हर तरफ हाय-तौबा मची थी।

बादशाह को जब यह समाचार मिला तो वे दुःखी हो उठे। वे कुछ भी करके अपने राज्य में वापस जाना चाहते थे, किंतु हालात! बहुत बिगड़े हुए थे, इसलिए उनके साथियों ने उन्हें वहीं रुकने की सलाह दी। बादशाह अपनी प्रजा के दुखों के विषय में सोच-सोचकर दिन-रात दुःखी रहते थे। धीरे-धीरे हालात काबू में आने लगे तो बिना एक पल गँवाए बादशाह अपने राज्य की ओर चल दिए।

महल में पहुँचकर बादशाह ने सबसे पहले मंत्री को बुलाकर कहा, "इस बाढ़ में राज्य और प्रजा दोनों की ही दशा बहुत खराब हो गई है, आप तुरंत बाढ़ पीड़ितों की सहायता कीजिए। इस कार्य में जरा भी विलंब नहीं होना चाहिए। धन की चिंता न की जाए। जितनी भी आवश्यकता हो, राजकोष से ले लिया जाए। नदी-नालों पर पुल बनाए जाएँ। राहत कार्य में किसी प्रकार की कोताही न बरती जाए। हर कार्य प्रजा की सुख-सुविधा को ध्यान में रखकर किया जाए।

मंत्रीजी ने बादशाह को आश्वासन दिया। उन्होंने तुरंत राजकोष से भारी मात्रा में धन लिया और युद्ध स्तर पर राहत कार्य में जुट गए, जिसका पता इन बातों से लगाया जा सकता है कि उस दिन के बाद कई दिनों तक मंत्रीजी राजधानी में दिखाई नहीं दिए। बादशाह और दूसरे लोग मंत्री की मदद कर्तव्य भावना की तारीफ करते नहीं थक रहे थे। उन सबको पूर्ण विश्वास था कि मंत्रीजी शिद्दत के साथ राहत-कार्यों में जुटे हैं।

खोजा राज्य और लोगों के प्रति अपनी निष्ठा दिखाते हुए अपने स्तर पर लोगों की मदद कर रहे थे। जिससे उन्हें राज्य में हो रहे राहत कार्यों के विषय में भी काफी जानकारी हो गई थी।

लगभग एक महीने का समय व्यतीत होने के पश्चात् एक दिन मंत्रीजी दरबार में तशरीफ लाए, जिन्हें बादशाह ने राहत कार्य में लगाया था। उन्होंने बादशाह को अपने द्वारा करवाए गए राहत कार्यों का विवरण देते हुए पूर्ण विश्वास दिलाया कि उन्होंने सबकुछ वैसा ही किया है, जैसा बादशाह चाहते थे। इसके अतिरिक्त उन्होंने अपने कार्य की भरपूर प्रशंसा भी की।

बादशाह मंत्री की बातों से बहुत खुश हुए और बोले, "शाबाश मंत्रीजी! आप जैसे वफादार लोगों की ईमानदारी, नेकनीयत और अपने काम के प्रति लगन से ही हमारी रियासत बड़े-से-बड़ा संकट झेलने के बाद एक बार फिर से पहले की तरह समृद्धि प्राप्त करने लगी है।"

दरबार की कार्यवाही समाप्त हुई। सभी उपस्थित जन वहाँ से चले गए। तब बादशाह खोजा से बोले, "इस आदमी को प्राकृतिक आपदा मंत्री बनाकर हमने कोई गलती नहीं की। भले ही यह नया आदमी है, लेकिन मात्र एक माह में ही इसने बाढ़ पीढ़ितों के दुख-दर्द दूर कर दिए।"

"आपने ठीक फरमाया बादशाह सलामत! वास्तव में काफी जल्दी इतना बड़ा काम निपटा दिया मंत्रीजी ने, पर मेरे विचार से आपको भी एक बार चलकर देख लेना चाहिए कि मंत्रीजी ने कैसे और क्या-क्या प्रबंध किए हैं।"

"बात तो तुम ठीक कह रहे हो।" बादशाह तुरंत सहमत हो गए।

खोजा के कहने पर बादशाह ने किसी से कुछ नहीं कहा और दोनों जन अगले दिन अपने-अपने घोड़े पर सवार होकर बाढ़-पीड़ित क्षेत्रों का मुआयना करने निकल पड़े।

उस ओर जाते समय रास्ते में सबसे पहले बादशाह का शाही बाग पड़ा। बाग में बादशाह ने देखा कि वहाँ के बहुत से कीमती पेड़ काट लिये गए हैं।

"इन पेड़ों की यह दशा किसने की?" बादशाह ने कड़कते हुए पूछा।

"आलीजाह! जरूर ये पेड़ तेज हवा के थपेड़ों को सहन न कर सके और टूटकर गिर गए होंगे या फिर ऐसा भी हो सकता है कि बाढ़ इन्हें बहाकर ले गई होगी।" खोजा का स्वर एकदम शांत था। दोनों वहाँ से आगे बढ़ गए।

चलते-चलते वे एक नाले पर जा पहुँचे। नाले के दोनों पाटों को जोड़ने के लिए उस स्थान पर कटे हुए पेड़ों के दो तने रखे थे।

"ये पेड़ तो कुछ जाने-पहचाने से लग रहे हैं।" सोचते हुए बादशाह ने कहा, "अरे हाँ! ये तो शाही बाग के शाही पेड़ हैं। क्या ऐसे ही पुल बनाए हैं इस मंत्री ने?"

"क्रोध न करें बादशाह! हो सकता है कि इन्हें बाढ़ का पानी यहाँ तक बहाकर ले आया हो और यहाँ यह अटक गए हों। आगे चलकर देखते हैं, आगे अवश्य ही अच्छे पुल बने होंगे। अभी से कोई निर्णय लेना ठीक नहीं।" खोजा ने मुसकराते हुए कहा।

वे आगे और आगे चलते गए, किंतु किसी तरफ का हाल वहाँ से अलग न था। काफी मुश्किलों से गुजरकर जैसे-तैसे वे एक गाँव में जा पहुँचे। गाँव का अधिकांश भाग अभी भी जलमग्न था। जो स्थान बाढ़ के पानी से मुक्त हो चुका था, वह गंदगी से अँटा पड़ा था। जगह-जगह जानवरों के क्षत-विक्षत शव पड़े हुए थे, जिनसे आ रही असहनीय दुर्गंध वातावरण को अत्यधिक दूषित कर रही थी। वहाँ साँस ले पाना भी दूभर हो रहा था। बेघर हुए लोग ऐसे ही माहौल में पेड़ों पर मचान बनाकर रहने को मजबूर थे। न खाने को रोटी थी और न पीने को पानी। भूख और प्यास दोनों ही व्याकुल किए हुए थीं।

यह सारा मंजर देखकर बादशाह का खून खौल रहा था। उन्हें विश्वास नहीं हो रहा था कि ऐसा दुष्टतापूर्ण कार्य करने के बाद भी वह मंत्री भरे दरबार में उनके सामने बेखौफ होकर झूठ बोल गया। क्रोध के कारण उनकी आँखें धधकते अंगारों के समान लाल हो रही थीं। होंठ फड़क रहे थे। बरबस ही उनके मुँह से निकलने लगा, "इतना बड़ा धोखा, तुमने हमें इतना बड़ा धोखा दिया मंत्री! तुम्हारे कारण हमारी प्रजा इतना कष्ट भोग रही है। यह सब केवल धन के लालच में किया तुमने। इसकी सजा तो तुम्हें अवश्य मिलेगी और ऐसी सजा मिलेगी कि इसके बाद कोई ऐसी हरकत करने के बारे में सोचेगा भी नहीं।"

एक ओर बादशाह का क्रोध सातवें आसमान पर था तो वहीं दूसरी ओर खोजा व्यंग्यात्मक बातों से उसे और बढ़ा रहे थे, "देखिए बादशाह सलामत! क्या खूब राहत कार्य किया है मंत्रीजी ने, उन्होंने तो इन लोगों के घर ही पेड़ों पर बनवा दिए, अब बाढ़ तो क्या, चाहे नदियाँ ही इस गाँव से होकर क्यों न गुजरने लगें, पर इन लोगों का पैर तक भी गीला न हो सकेगा। इससे बेहतर राहत कार्य भला और क्या हो सकता है!"

"तुम्हारी वजह से ही हमें इस सबका पता चल सका है खोजा, वरना हम तो यही सोचते रहते कि सब ठीक हो गया और यहाँ ये लोग यूँ ही कष्ट सहते रहते, हमें अभी महल जाना है।"

दूसरे दिन दरबार लगा, मंत्री इस बात से पूर्णतया अनभिज्ञ था कि उसकी कलई खुल गई है, इसीलिए सीना फुलाए वह अपने आसन पर बैठा था, किंतु तभी बादशाह ने उसे फटकार लगाते हुए कहा, "तुमने न केवल हमारे साथ, हमारी प्रजा के साथ बल्कि हमारे काम के साथ भी धोखा किया है, इसीलिए तुम सबसे ज्यादा जवाबदेह अपने काम के प्रति हो, अत: तुम्हें सजा दी जाती है कि तुमने जितना धन राजकोष से लिया है, उससे दोगुना धन राहत कार्य पर खर्च करोगे, जिसका हिसाब खोजा रखेंगे।"

यह सुनकर मंत्री का मुँह जरा सा निकल आया।

हीरे की बनावट

एक बार एक फरियादी बादशाह के दरबार के बाहर आया और दरबानों से बोला, "भाई! मुझे दरबार में जाने दो, बादशाह सलामत से इनसाफ की फरियाद करनी है। मेरे साथ बहुत बड़ा धोखा हुआ है।" उस समय दरबार की कार्यवाही चल रही थी। बादशाह व्यस्त थे, इसलिए दरबान ने उस व्यक्ति को वहीं द्वार पर खड़ा रहने के लिए कहा और स्वयं दरबार में गया। उसने सिर झुकाकर बादशाह को अभिवादन दिया और बाहर खड़े फरियादी के विषय में बताया।

"उसे दरबार में बुलाया जाए।" बादशाह ने कहा।

दूसरे ही पल वह व्यक्ति रोता हुआ आया और बोला, "रहम करें अन्नदाता, रहम करें। मुझ गरीब को इनसाफ दिलाइए, मेरे साथ बहुत बड़ा धोखा हुआ है। हे गरीबनवाज! मुझ गरीब को आपका ही सहारा है।"

"कौन हो तुम और किससे इनसाफ चाहते हो? खुलकर बताओ।" बादशाह ने कहा।

"बादशाह सलामत! मेरा नाम धन्ना है। मैं साहूकार गुलाबचंद के यहाँ काम करता हूँ। उनकी खिदमत में मैंने उम्र गुजार दी। तीन दिन पहले साहूकार किसी काम से नगर के बाहर जा रहे थे। मौसम कुछ खराब था, इसलिए उन्होंने कहा कि मैं एक छतरी और उनकी जरूरत का कुछ अन्य

सामान लेकर उनके साथ चलूँ। अभी हम लोग आधे रास्ते ही पहुँचे होंगे कि जैसा कि अंदेशा था, तेज हवा चलने लगी और फिर उसने आँधी का रूप ले लिया। आगे बढ़ पाना मुश्किल हो रहा था, इसीलिए हम थोड़ी ही दूरी पर बने एक अट्टू के नीचे जा खड़े हुए।"

"हूँ, आगे क्या हुआ?"

"जहाँपनाह! वहाँ रुककर साहूकार अपना बहीखाता देखने लगे। मैं ठहरा चाकर आदमी, बस वहाँ भी अपने मालिक की चाकरी ही करता रहा कि तभी मेरी नजर एक पेड़ पर लटकी छोटी सी पोटली पर गई। साहूकार से इजाजत लेकर मैं वहाँ गया और वह पोटली पेड़ से उतार लाया। उसे खोलते ही हम दोनों की आँखें चुँधिया गईं। पोटली में से दो हीरे निकले, जो खजूर से बड़े थे। बादशाह सलामत! वे हीरे बहुत अधिक चमक रहे थे। यूँ तो उन हीरों पर हमारा कोई अधिकार नहीं था, लेकिन साहूकार ने कहा, 'धन्ना! न हमने किसी की चोरी की है और न ही ये हमारे पास किसी की अमानत हैं, ये हीरे हमें यहाँ पेड़ पर मिले हैं, एक तरह से इन हीरों पर हमारा अधिकार है। अगर तुम किसी से कुछ न कहो तो इन्हें हम आपस में बाँट सकते हैं।'

"मैं ठहरा गरीब आदमी, याद नहीं, आज तक कभी दोनों वक्त का भरपेट खाना भी खाया हो, इसलिए मेरे मन में भी लालच आ गया और मैंने हामी भर दी। मैंने सोचा कि हीरे को बेचकर खासा धन प्राप्त हो जाएगा, जिससे कोई अच्छा काम-धंधा कर लूँगा तो मेरे परिवार के भी दिन बदल जाएँगे। मगर जैसे ही हम हवेली वापस लौटे तो साहूकार ने

गिरगिट की तरह रंग बदल लिया। मुझे मेरा हिस्सा देना तो दूर, उसने मुझे धमकाकर वहाँ से भगा दिया।

"उस हीरे के लालच में अब मैं अपनी नौकरी से भी हाथ धो बैठा हूँ। हे महामहिम! आपका इनसाफ तो सारे जहाँ में मशहूर है, मुझे भी इनसाफ दिलाइए।"

बादशाह के हुक्म पर धन्ना के मालिक साहूकार को दरबार में बुलाया गया। पूछताछ करने पर उसने कहा, "आलमपनाह! धन्ना बहुत बड़ा झूठा और बेईमान इनसान है। मैंने इसकी गरीबी और भूखे मरते बच्चों को देखकर, इस पर तरस खाकर इसे अपने यहाँ काम पर रखा। वर्षों से इसका परिवार मेरे रहम पर पल रहा है। न जाने कितनी बार मैंने इसकी गलतियों को अनदेखा किया है, लेकिन इस बार तो इसने हद कर दी। मेरे नमक का ये हक अदा किया कि मुझे यहाँ तक ले आया। नहीं, अब मैं इसकी गलतियों पर और परदा नहीं डाल सकता। मेरे पास सबकुछ है, भला मैं किसी की चीज पर नीयत क्यों खराब करूँगा। मैंने इसे दोनों हीरे देकर राजकोष में जमा करवाने के लिए कहा। ये हीरे लेकर चला गया। दो दिन बाद जब मैं लौटकर आया तो मैंने इससे राजकोष की रसीद माँगी। रसीद देने में इसने आना-कानी की। जब मैंने इस पर सख्ती की तो ये यहाँ चला आया और न जाने आपको क्या मनगढंत कहानी बनाकर सुना डाली।"

"ओह! तो ये बात है।" अपनी नजरें साहूकार पर जमाते हुए बादशाह ने कहा, "क्या तुम सच कह रहे हो?"

"आपसे झूठ बोलने की हिम्मत नहीं है मुझमें।"

"क्या ऐसा कोई है, जिसने तुम्हें इसे हीरे देते हुए देखा हो।"

"जी! मेरे तीन नौकर इस बात के चश्मदीद गवाह हैं।"

गवाहों को बुलाया गया तो उनकी गवाही पूरी तरह साहूकार के पक्ष में थी। तीनों ने स्पष्ट रूप से कहा कि उनके मालिक ने उनके सामने धन्ना को हीरे दिए थे।

प्रधानमंत्री और सेनापति ने बादशाह से कहा, "हुजूर, मामला शीशे की तरह साफ है, धन्ना झूठ बोल रहा है।" यह सुनकर खोजा ने बादशाह से कहा कि वह उनसे अकेले में कुछ बात करना चाहता है, जो इस मामले में काफी अहम है।"

बादशाह खोजा के साथ जब अंदर जाने लगे तो खोजा ने निवेदन किया कि प्रधानमंत्री और सेनापति को भी साथ में ले लिया जाए।

सभी अंदर कमरे में पहुँचे तो खोजा ने बादशाह से कहा, "आप लोग परदे के पीछे छिप जाएँ।"

उनके छिपते ही खोजा ने तीनों गवाहों को एक-एक करके अंदर बुलाया और हीरे के विषय में एक जैसे ही प्रश्न पूछे। तीनों के जवाब एक-दूसरे से अलग थे।

बादशाह परदे के पीछे से निकलकर बाहर आए। गुस्से से उनका चेहरा तमतमा रहा था, जिसे देखकर तीनों गवाहों के होश उड़ गए। मानो आसमान गिर पड़ा हो उनके सिर पर। तीनों बादशाह के पैरो में गिरकर गिड़गिड़ाने लगे, "हमें माफ कर दीजिए, हमारी कोई गलती नहीं है। हमने तो अपनी नौकरी बचाने के लिए वही किया, जो हमारे मालिक ने

हमसे करने के लिए कहा। हम इस बारे में कुछ भी नहीं जानते, हमने जो कहा सब झूठ था।"

सारी सच्चाई सामने आ चुकी थी। बादशाह दरबार में आ गए। पीछे-पीछे सिर झुकाए साहूकार के तीनों गवाह भी चले आ रहे थे।

बादशाह ने तुरंत साहूकार की ओर इशारा करते हुए कहा, "इस धूर्त को गिरफ्तार किया जाए। इसके घर की तुरंत तलाशी ली जाए।"

बादशाह का हुक्म पाते ही सैनिक साहूकार के घर की ओर चल पड़े। कुछ ही देर बाद सैनिक दोनों हीरों के साथ बादशाह के सामने थे।

हीरे बहुत कीमती थे।

बादशाह के आदेश पर वे हीरे राजकोष में पहुँचा दिए गए और साहूकार को दंड देते हुए बादशाह ने कहा, "साहूकार दंडस्वरूप धन्ना को दस हजार स्वर्णमुद्राएँ देगा। इसके साथ-साथ वह बीस हजार स्वर्णमुद्राओं का जुरमाना भी भरेगा।"

बादशाह के इनसाफ से धन्ना बहुत खुश हुआ। वह उन्हें दुआएँ देता हुआ दरबार से अपने घर चला गया।

बादशाह भी खोजा की चतुराई पर बहुत प्रसन्न हुए और उन्हें भी इनाम देकर सम्मानित किया गया।

मूँछों का कमाल

बादशाह को इस बात पर गर्व होता था कि दूर-दूर तक उनकी राजकीय व्यवस्था की प्रशंसा होती थी। व्यवस्था थी ही इतनी मजबूत कि चारों ओर सुख-शांति का वातावरण था। व्यभिचार का नामोनिशान न था। बादशाह स्वयं इस बात का ध्यान रखते थे कि प्रजा को किसी प्रकार का कोई कष्ट तो नहीं। इसी कारण प्रजा उन्हें पिता जैसा सम्मान देती थी।

उनके राज्य की ये सुख-शांति बहुत से प्रतिद्वंद्वी राजाओं के लिए ईर्ष्या का कारण बनी हुई थी। वे किसी भी तरह बादशाह की साख खराब करना चाहते थे। इसके लिए उन्होंने एक बटमार गिरोह का सहारा लिया। इस गिरोह का सरदार बहादुर खाँ था। वह अपने गिरोह सहित नगर में घुस गया और लोगों को लूटना, चोरी, डकैती आदि शुरू कर दी, जिससे प्रजा अत्यधिक दुखी हो गई। लाख कोशिशों के बाद भी नगर कोतवाल इन चोरियों को रोकने में नाकाम हो रहा था। ऐसे में त्रस्त प्रजा स्वयं दरबार में बादशाह के सामने सुरक्षा की गुहार लगाने लगी।

बादशाह ने प्रजा की इस परेशानी को दूर करने का आश्वासन दिया और स्वयं मंत्रियों, सेनापति तथा प्रमुख ओहदेदारों के साथ इस विषय पर मंत्रणा करने लगे। अंत में जो निष्कर्ष निकला, उसके अनुसार विशेष

गुप्तचरों को इस गिरोह के विषय में पता लगाने का काम सौंपा गया।

अपनी दक्षता का प्रमाण देते हुए इस विशेष दल ने एक सप्ताह के भीतर बटमार दल का पूरा लेखा-जोखा बादशाह के समक्ष प्रस्तुत किया और उन्हें प्रतिद्वंद्वी राजाओं की बदनीयती से अवगत कराया।

यह खबर सुनकर बादशाह चौंके बिना न रह सके, उन्होंने तुरंत सेनापति को आदेश दिया, " सेना की सशस्त्र टुकड़ियाँ नगर के प्रमुख स्थानों पर तैनात कर दी जाएँ, रात में गश्त बढ़ा दी जाए। कोई भी व्यक्ति बिना जाँच के नाकों को पार न कर पाए। अजनबियों की पूरी छानबीन की जाए। किसी भी संदेहास्पद व्यक्ति को तुरंत गिरफ्तार किया जाए।

पूरा नगर छावनी में तब्दील कर दिया गया था। किंतु बहादुर खाँ हर बार नहले पर दहला साबित हो रहा था। शासन की ओर से जितनी सख्ती की जा रही थी, वह उतनी ही अधिक वारदातों को अंजाम दे रहा था। हद तो तब हो गई जब सुनसान क्षेत्रों में भी राहजनी की घटनाएँ होने लगीं। प्रजा त्राहि-त्राहि कर उठी।

प्रजा का कष्ट बादशाह से देखा नहीं जा रहा था, ऊपर से विवशता यह कि वे कुछ कर नहीं पा रहे थे। एक दिन उनका क्रोध आपे से बाहर हो गया और उन्होंने भरे दरबार में मंत्रियों तथा सेनापति को इतना धिक्कारा कि वे अपने को धरती में गड़ा महसूस करने लगे।

बादशाह जोरदार आवाज में कह रहे थे, "क्या हमारी सेना और शहर कोतवाल दल इतना नाकारा हो गया है कि वे कुछ चोरों को पकड़ने में

नाकाम हो रहे हैं। लगता है, अब इन सबसे मुक्ति पाने का एक ही रास्ता रह गया है कि हम अपने उन प्रतिद्वंद्वी राजाओं के पास जाकर कहें कि वही इस दल को वापस बुला लें, क्योंकि हम इन अपराधियों को पकड़ने में असमर्थ हैं।" बादशाह की गर्जना से सारा दरबार काँप उठा।

शर्म के कारण सभी दरबारियों का सिर नीचे से ऊपर नहीं हो रहा था। ऐसी आफत की घड़ी में भी कुछ लोग अपना स्वार्थ साधने से बाज नहीं आते। प्रधानमंत्री जो कि खोजा का विरोधी था, उसने तुरंत खोजा को इस मुसीबत में फँसाने का उपाय सोचा और बादशाह के पास जा पहुँचा। कुछ फुसफुसाकर वह अपने आसन पर आ बैठा।

प्रधानमंत्री की चाल कामयाब हो गई। खोजा का खयाल आते ही बादशाह एकदम शांत दिखने लगे। उन्होंने तुरंत खोजा को दरबार में बुलवाया और बोले, "खोजा! तुमने अपनी बुद्धिमानी से आजतक बहुत सी समस्याओं का समाधान निकाला है।" खोजा को सारी बात बताते हुए बादशाह ने कहा, "अगर तुम इस गिरोह को पकड़ सके तो हम तुम्हें बहुत बड़ा इनाम देंगे।"

"मैं पूरी कोशिश करूँगा।" कहकर खोजा ने बादशाह से एक महीने का समय माँगा और दरबार से चले गए।

उसी समय सारे राज्य में खबर फैल गई कि खोजा ने बहादुर खाँ को उसके पूरे गिरोह के साथ पकड़ने का प्रण लिया है, इसके लिए वे कोई टोटका कर रहे हैं।

बहादुर खाँ तक इस खबर को पहुँचने में अधिक समय न लगा। यह सुनते ही वह ठहाके मारकर हँसने लगा और बोला, "दिमाग घास चरने चला गया है उस खोजा का, जिस बहादुर खाँ को अभी तक कोई पहचान तक न सका है, उसे वह पकड़ेगा भला कैसे? टोटके की सहायता से? उस डेढ़ पसली के इनसान को इतना भी नहीं पता कि जिस बहादुर खाँ को पूरे शहर के दरोगा और सेना तक नहीं पकड़ पाई, वह मुझे क्या पकड़ेगा, मैं खुद उसके पास जाकर उसकी मूँछ उखाड़ लूँगा।" ऐसा कहकर बहादुर खाँ ने अपने कुछ आदमियों को हर समय खोजा पर नजर रखने का आदेश दिया और कहा, "मुझे उस बुड़बक की एक-एक गतिविधि के बारे में जानकारी चाहिए।"

काफी समय तक बहादुर खाँ के आदमी खोजा की निगरानी करते रहे, लेकिन वे इससे अधिक कुछ पता नहीं लगा पाए कि खोजा अपने घर में एक चादर ओढ़कर सारा समय कुछ जाप सा करता रहता है। बहादुर खाँ को अपने आदमियों से खोजा की बस इतनी सी टोह मिल सकी।

बहादुर खाँ अव्वल दरजे का बहरुपिया भी था, इसी कारण वह अब तक कहीं भी पकड़ा न जा सका था। उसने एक फकीर का वेश बनाया और खोजा के दरवाजे पर जाकर अलख जगाई, "अल्लाह मालिक! फकीर की मदद करो बाबा, अल्लाह रहम करेगा।"

"तुम्हें जो चाहिए, खिड़की पर आकर ले लो बाबा।" भीतर से

आवाज आई, "मैं दरवाजा नहीं खोलूँगा, क्योंकि मैंने बहादुर खाँ नाम के बटमार को पकड़ने की कसम खाई है। अगर मैंने दरवाजा खोला तो ऐसा भी हो सकता है कि वही मुझे पकड़कर ले जाए।"

'ये डरपोक मुझे पकड़ेगा।' बहादुर खाँ धीरे से बुदबुदाया और खिड़की पर आ गया। खिड़की के दूसरी ओर खोजा खड़े थे। खोजा ने एक चादर ओढ़ी हुई थी और उनके हाथों में थाली थी। उनकी केवल मूँछें ही चादर से बाहर निकली हुई थीं और खिड़की की सलाखों को छू रही थीं। जब खोजा अपनी थाली का सामान खिड़की से हाथ बाहर निकालकर बहादुर खाँ की झोली में डाल रहे थे, तभी बहादुर खाँ ने झपट्टा मारकर उनकी मूँछें पकड़ लीं और दहाड़ता हुआ बोला, "अपने चेहरे से ये चादर हटाकर देख, ये मैं ही हूँ बहादुर खाँ। तूने मुझे पकड़ने की कसम खाई थी न, देख मैं खुद तेरे सामने आ गया और तेरी मूँछें उखाड़कर ले जा रहा हूँ। बिगाड़ ले जो बिगाड़ सकता है।"

इससे पहले कि बहादुर खाँ आगे कुछ कहता, उसके सिर पर एक जोरदार बेंत पड़ा, जिसे वह सह न सका और वहीं बेहोश हो गया।

बहादुर खाँ के सिर पर बेंत मारने वाला खोजा का ही आदमी था, जिसे उन्होंने पहले ही सिखा-पढ़ाकर तैयार किया हुआ था। उन दोनों ने बेसुध बहादुर खाँ को बाँधा और बादशाह के कदमों में ले जाकर डाल दिया। उसे देखकर बादशाह की खुशी का ठिकाना न रहा। उन्होंने पूछा "खोजा! यह सब तुमने कैसे किया?"

"आलमपनाह! यह सब इसी की कारगुजारियों का नतीजा है। मैंने अपने कुछ आदमियों को इसके विषय में सबकुछ पता करने के लिए भेजा। उन्होंने मुझे बताया कि यह अपने शत्रुओं की मूँछें उखाड़ता है। बस इसी कारण मैंने इसे इसके गिरोह सहित पकड़ने के लिए ललकारा, जिसे यह सह न सका और स्वयं मेरे जाल में आ फँसा।"

सारा दरबार खोजा की जय-जयकार से गूँज उठा।

उधर जिन राजाओं ने बहादुर खाँ से यह सब करवाया था, उन्हें जब बहादुर खाँ के पकड़े जाने का पता चला तो वे दाँतों तले उँगली दबाकर रह गए।

शक का बीज

बादशाह अपने बेटे से बहुत प्यार करता था। वह उसकी बड़ी से बड़ी और छोटी से छोटी हर ख्वाहिश पूरी किया करता था, करता भी क्यों न, आखिर उसके जिगर का टुकड़ा जो था।

बचपन से ही शहजादे की दोस्ती नगर सेठ के बेटे से हो गई थी। बचपन पार कर चुके दोनों बालक किशोर अवस्था को प्राप्त कर चुके थे। अब तक तो सेठ को इस मित्रता से कोई कष्ट न था, बल्कि इस बात पर अभिमान ही होता था कि उसका पुत्र शहजादे का मित्र है। किंतु अब उसे चिंता सताने लगी थी, क्योंकि वह सारा समय शहजादे के साथ ही व्यतीत करता था। वे दोनों केवल रात को सोने के लिए ही एक-दूसरे से अलग होते थे, वह भी रात की बदौलत। अगर रात न होती तो निश्चित रूप से दोनों सारा समय साथ में ही गुजारा करते।

सेठ अपने पुत्र को बहुत समझाता, उसे कहता, "देखो बेटा! अब तुम बड़े हो गए हो, सारा दिन घूमना-फिरना तुम्हें शोभा नहीं देता। अब अपने व्यापार की तरफ ध्यान दो, आखिर मेरे बाद में सब तुम्हीं को तो सँभालना है। यारी-दोस्ती एक सीमा तक ही अच्छी होती है, जिंदगी जीने के लिए काम-धंधा करना बहुत जरूरी है।" किंतु उस पर पिता की बातों का कोई प्रभाव न पड़ता, वह एक कान से सुनता और दूसरे से निकाल देता।

सेठ दिन-रात इसी फिक्र में घुला जा रहा था। वह हमेशा सोचता कि बड़े लोगों से न दोस्ती अच्छी और न दुश्मनी। न जाने कब बात बिगड़

जाए और दोस्ती टूट जाए। बात बढ़ जाती, सँभाले न सँभलती। बादशाह को खबर हो जाने की स्थिति में नतीजा स्पष्ट था–राजदंड।

सेठ को हर समय परेशान देखकर उसके मित्र ने उसकी परेशानी का कारण पूछा तो उसने सारा हाल कह सुनाया। तब उसके मित्र ने उसे सलाह दी कि इस स्थिति में खोजा ही तुम्हारी सहायता कर सकता है।

मित्र के सुझाव पर सेठ खोजा के पास जा पहुँचा। उसने उसे सारी बात बताई। सेठ की परेशानी सुनकर खोजा सिर खुजाते हुए बोला, "देख भइए! तेरी बात में दम तो है, शहजादे का मिजाज कड़क है, कब बिगड़ जाए, कहा नहीं जा सकता। शहजादे का तो कुछ न बिगड़ेगा, पर तुम्हारा सबकुछ बिगड़ सकता है।"

"मेरा यह इकलौता लड़का है, जनाब! अगर आप इसे रास्ते पर ले आएँ तो ताउम्र आपका अहसानमंद रहूँगा। शहजादे को तो आगे चलकर अपने बाप-दादाओं की विरासत ही सँभालनी है, वह कुछ भी न करे तो कोई फर्क नहीं पड़ने वाला। लेकिन मेरे बेटे की तो यही उम्र है व्यापार के गुर सीखने की, अगर न सीख सका तो आगे चलकर व्यापार में रुपए के बट्टे करेगा और मेरे बाद खून-पसीने से कमाई मेरी सारी पूँजी गँवा बैठेगा।"

मैं इसका कोई-न-कोई हल अवश्य खोजूँगा, पर कुछ समय तो अवश्य लगेगा। तुम निश्चिंत रहो, मैं इस विषय पर बादशाह से भी बात करूँगा।"

सेठ के जाने के बाद खोजा बादशाह से मिलने पहुँचे और उन्हें शहजादे और सेठ के बेटे की दोस्ती की सारी कहानी सुनाई।

बादशाह को इस बात की जानकारी पहले से थी। वे स्वयं इसे लेकर चिंतित थे। शहजादा जिस प्रकार सारा-सारा दिन महल से बाहर रहकर माधव के साथ घूमता रहता था, यह बात उन्हें भी पसंद नहीं थी, किंतु पुत्र मोह ने उनके होंठ सी रखे थे। उन्होंने खोजा से कहा, "इस उम्र में शहजादे को राज-काज सीखना चाहिए। लेकिन उसे तो दोस्ती निभाने से फुरसत नहीं है। डर लगता है, कहीं मेरे बाद वह राजपाट ठीक से न सँभाल पाया तो सबकुछ बिखर जाएगा।"

बादशाह की बात सुनकर खोजा ने बताया कि सेठ इसी बात को लेकर कितना चिंतित है। उसने कहा, "आलमपनाह! अगर आप इजाजत दें तो मैं इन दोनों की दोस्ती में दरार डाल सकता हूँ।"

"तुम्हें क्या लगता है, हमने कभी कोशिश नहीं की?" आह भरते हुए बादशाह ने कहा, "इन दोनों की दोस्ती तुड़वाना इतना आसान नहीं है। अनगिनत कोशिशें कर चुके हैं हम इकराम को समझाने की, लेकिन नतीजा हमेशा ढाक के तीन पात ही रहा।"

"खादिम के होते हुए आपको परेशान होने की क्या जरूरत है। आप बस कल दोनों को किसी बहाने से दरबार में बुला लें। बाकी सब मुझ पर छोड़ दीजिए।"

अगले दिन खोजा के कहे अनुसार बादशाह ने शहजादे को दरबार में बुलवाया। वह अपने साथ अपने मित्र को भी लेकर आया।

योजना के अनुसार बादशाह ने शहजादे को किसी मामले में आवश्यक बात करने के लिए अपने पास बुलाया। ज्यों ही शहजादा बादशाह के पास गया, खोजा अपनी जगह से उठकर माधव के पास

उसी आसन पर जा बैठे, जिससे अभी शहजादा उठकर गया था। शहजादे को यह बात बिलकुल न भायी, किंतु बादशाह के सामने सरे-दरबार कुछ कहने की हिम्मत न कर सके।

माधव के पास पहुँचते ही खोजा ने उसके कान में कुछ फुसफुसाहट शुरू कर दी। इकराम यह सब देख रहा था। इस बात को ताड़ते ही खोजा एकाएक पीछे हटा और जोर से बोला, "इस बात का जिक्र किसी से न करना।"

खोजा ने क्या कहा, उसकी कुछ समझ में नहीं आया था। इससे पहले कि वह कुछ पूछता, खोजा ने अपनी बात खत्म कर दी, इसलिए वह सिर्फ हाँ में सिर हिलाकर ही रह गया।

शहजादा यह जानने के लिए उत्सुक हो रहा था कि उसके हटते ही खोजा उसके मित्र के पास क्यों गया और उसने उससे क्या कहा। वह जल्द ही बादशाह से इजाजत ले मित्र के पास लौटा। उसने सबसे पहले यही पूछा, "क्या कह रहा था खोजा? कहीं कुछ मेरे बारे में ?"

"नहीं, नहीं, उसने कुछ भी नहीं कहा।" मित्र ने सफाई दी। शहजादा गुर्राते हुए बोला, "जरूर तुम मुझसे कुछ छिपा रहे हो। मैंने अपनी आँखों से देखा था, वह तुम्हारे कान में कोई राजदारी की बात कह रहा था। उसने किसी को न बताने के लिए भी कहा था, इसीलिए तुम मुझसे उस बात को छिपा रहे हो। उसकी बातें तुम्हारे लिए हमारी बचपन की दोस्ती से बढ़कर हो गईं। तुम्हें मुझ पर विश्वास नहीं रहा, जो मुझसे छिपा रहे हो। मैं कसम खाता हूँ, जो भी बात होगी बस तुम्हारे और मेरे बीच में रहेगी। मुझे बताओ तो क्या बात है?"

"नहीं दोस्त! कोई बात नहीं है और जब कोई बात है ही नहीं तो तुम्हें क्या बताऊँ?" मित्र ने भोलेपन से कहा, "तुम मुझ पर विश्वास क्यों नहीं कर रहे हो। तुम मेरे दोस्त हो, मुझ पर अविश्वास क्यों?"

"तुम भी तो दोस्त होकर मुझपर अविश्वास दिखा रहे हो।" शहजादे ने कहा, "मुझे तुमसे इस तरह की उम्मीद नहीं थी।" कहकर शहजादा मुँह फुलाकर बैठ गया।

"जैसी तुम्हारी मरजी।" कहकर मित्र वहाँ से उठा और दरबार से चला गया। शहजादा भी मुँह बनाकर महल में चला गया।

खोजा और बादशाह ने एक-दूसरे की ओर देखा और एक अर्थपूर्ण मुसकान दोनों के होंठों पर बिखर गई।

बादशाह ने खोजा से पूछा, "तुमने ऐसा क्या कह दिया जो बात यहाँ तक पहुँच गई। लेकिन मित्र ने अपना मुँह नहीं खोला।"

"बेचारा मुँह खोलता भी कैसे, जब कोई बात थी ही नहीं।" खोजा ने मुसकराते हुए कहा, "मैंने तो बस शक का एक बीज बोया था, जो अंकुर बन फूट पड़ा और नफरत की उपज उसमें से बाहर निकल आई। चूँकि जब कोई बात हुई नहीं तो मित्र शहजादे को कभी कुछ न बता सकेगा और शहजादा इस बात को हमेशा अपने मन में पाले रहेगा। इस तरह अब यह दोस्ती कभी नहीं जुड़ सकती।"

बादशाह ने प्रशंसा भरी नजरों से खोजा की ओर देखते हुए उसकी पीठ थपथपाई।

अमानत में खयानत

गोविंद और भुल्लन की दोस्ती पुरानी थी। दोनों के बीच में कभी किसी बात को लेकर मन-मुटाव न हुआ था। गोविंद ने विवाह नहीं किया था, इसलिए उसके आगे-पीछे कोई नहीं था, वह स्वयं भी अपने पिता की इकलौती संतान था। वर्षों से उसकी एक ही इच्छा थी कि वह प्रमुख तीर्थ-स्थानों के दर्शन करे। इसके लिए वह न जाने कब से धन एकत्रित कर रहा था। अब उसकी उम्र भी हो चली थी। इसी कारण उसने सोचा कि अब तीर्थों के दर्शन में और देर नहीं करनी चाहिए, न जाने कब आँख मिच जाए।

एक रोज उसने यात्रा पर जाने का मन बना ही लिया। जीवन भर कठिन परिश्रम करके जो धन उसने कमाया था, आज वह उसका सदुपयोग करने जा रहा है, यह बात उसके मन को प्रफुल्लित कर रही थी।

अपनी यात्रा में होने वाले कुल खर्च के अतिरिक्त भी उसके पास एक हजार अशर्फियाँ बच रही थीं। उन्हें यूँ अकेले घर में छोड़कर जाना उसे ठीक न लगा। वह अपने मित्र भुल्लन के पास गया और बोला, "मित्र! तुम्हें तो पता ही है, मैं वर्षों से तीर्थयात्रा पर जाना चाहता था। मैंने जाने की सारी तैयारी कर ली है, मेरे पास ये एक हजार अशर्फियाँ शेष बची हैं। मैं चाहता हूँ, मेरे लौटने तक इन्हें तुम अपने पास मेरी अमानत समझकर रख लो। लौटकर इन्हीं के सहारे अपना बाकी का जीवन गुजार

लूँगा। और अगर नहीं लौट पाया, ईश्वर ने अपने धाम में ही मुक्ति दे दी तो इनमें से कुछ दान देकर बाकी बची हुई अशर्फियाँ तुम रख लेना।"

भुल्लन सीधा-सादा गृहस्थ आदमी था। उसने गोविंद के साथ मित्रता हमेशा मन से निभाई थी। अशर्फियाँ लेकर वह अपने घर पहुँचा। उसने अपनी पत्नी को सारी बात बताई और अशर्फियाँ देते हुए कहा, "इन्हें सँभालकर रख दो, गोविंद भाई आएँगे तो उनकी अमानत उन्हें वापस दे दूँगा।"

गोविंद की अपेक्षा भुल्लन की माली हालत काफी खराब थी। दो जून की रोटी भी परिवार को जैसे-तैसे नसीब हो पाती थी। ऐसे में इतनी सारी अशर्फियाँ देखकर भुल्लन की पत्नी के मन में लालच आ गया, उसने कहा, "कैसी बात कर रहे हो, जरा अक्ल से काम लो। गोविंद छड़ा आदमी है, उसे इतनी सारी अशर्फियों का क्या करना है? वैसे भी दुनिया भर में घूमने गया है, कौन सा आज ही लौटकर आ रहा है। उम्र देखी है उसकी? मुझे तो नहीं लगता, अब लौटकर भी आएगा। देख लेना, वहीं-कहीं मर-खप जाएगा। फिर क्यों इतनी हाय-तौबा कूट रहे हो। जरा अपने बच्चों और घर की तरफ देखो। समझो कि यह ईश्वर ने तुम्हें मौका दिया है, हम सबकी दशा सुधारने का।"

भुल्लन की समझ में कुछ नहीं आ रहा था। उसने कहा, "साफ-साफ क्यों नहीं कहती, जो कहना चाहती हो। तुम्हारी ये गोल-मोल बातें मेरी समझ में नहीं आतीं।"

"अरे मेरे मिट्टी के माधो! अगर तुम्हारी समझ इतनी अच्छी होती तो

हमें सारी जिंदगी यूँ गरीबी में सड़कर न गुजारनी पड़ती। अब ध्यान से सुनो, गोविंद ने ये सारी अशर्फियाँ किसी के सामने दी थीं? किसी ने देखा था तुम्हारे इस लेने-देन को?"

"नहीं तो।" भुल्लन ने नहीं में सिर हिलाते हुए कहा, "उस समय वहाँ बस मैं और गोविंद ही थे।"

"तो बस, अब तुम भी इस लेन-देन को भूल जाओ।"

"क्या बकवास कर रही हो? तुम मुझे मेरे दोस्त के साथ विश्वासघात करने के लिए कह रही हो। मैं ऐसा हरगिज नहीं करूँगा।"

"नहीं करोगे तो मेरा मरा मुँह देखोगे।"

हारकर भुल्लन को अपनी पत्नी की बात माननी पड़ी।

कुछ माह पश्चात् गोविंद तीर्थयात्रा से लौट आया। उसने भुल्लन से कहा, "तुम्हारा बहुत-बहुत धन्यवाद मित्र कि तुमने मेरी अमानत सँभालकर रखी। लाओ अब मेरी एक हजार अशरफियाँ मुझे वापस दे दो।"

"एक हजार अशर्फियाँ, कौन-सी अशर्फियाँ, दिमाग तो ठीक है तुम्हारा! तीर्थ करके लौटे हो या नशा करके?" भुल्लन ने दहाड़ते हुए कहा।

"मजाक मत करो, भुल्लन! इन अशर्फियों के अलावा मेरे पास फूटी कौड़ी भी नहीं है। अगर तुमने मेरी अशर्फियाँ वापस न दीं तो मेरे भूखों मरने की नौबत आ जाएगी। इस उम्र में तो मुझसे कोई काम भी नहीं होगा।" गोविंद गिड़गिड़ाने लगा।

"लगता है तुम वास्तव में सठिया गए हो, जो बिना बात मुझ से एक हजार अशर्फियों का तकादा किए जा रहे हो।"

गोविंद समझ चुका था कि भुल्लन की नीयत खराब हो चुकी है। उसने फिर भी कहा, "देखो मेरे भाई! अगर तुम उनमें से कुछ खर्च कर चुके हो तो जो शेष बची हैं, वही मुझे लौटा दो। खर्च की हुई अशरफियाँ मैं तुमसे कभी नहीं माँगूँगा।"

"जब तुमने मुझे कुछ दिया ही नहीं तो मैं खर्च कहाँ से करूँगा और कहाँ से दूँगा?अब तुम मेरा वक्त बरबाद न करो और यहाँ से चले जाओ, वरना धक्के मारकर बाहर निकालना मुझे आता है।"

गोविंद बेचारा रोता-बिलखता वहाँ से चला गया। उसने लोगों से कहा, उसकी बातें सच मानते हुए भी कोई उसकी कुछ मदद न कर सका, क्योंकि उसके पास इस बात का कोई गवाह नहीं था, न अब से पहले उसने इस लेन-देन का किसी से जिक्र ही किया था।

हर ओर से हताश-निराश होकर गोविंद ने बादशाह के दरबार में मदद की गुहार लगाई। मुकदमे की सुनवाई हुई। भुल्लन को दरबार में बुलाया गया। पूछताछ के दौरान वह इस बार भी साफ मुकर गया। बादशाह को गोविंद के कथन पर पूरा विश्वास हो रहा था, किंतु उसके पास इस लेन-देन का कोई गवाह न था और न ही सबूत, इस कारण बादशाह चाहकर भी कुछ नहीं कर पा रहे थे। उन्होंने अपने प्रधानमंत्री और अन्य सलाहकारों की ओर देखा। किसी की कोई प्रतिक्रिया नहीं थी। तब बादशाह ने खोजा को तलब किया। उसे सारी बात बताते हुए बादशाह ने

कहा, "खोजा! सबकुछ समझते हुए भी हम कुछ नहीं कर पा रहे हैं, अगर हमारे दरबार में गोविंद के साथ न्याय नहीं हुआ तो हम अपने आप से नजरें नहीं मिला पाएँगे। अब तुम्हीं इस मामले में अपनी अक्ल के घोड़े दौड़ाओ।"

"मैं पूरी कोशिश करूँगा।" कहकर खोजा ने उन दोनों से पूरी बात दोबारा सुनी। खोजा ने गोविंद से पूछा कि तुमने भुल्लन को अशर्फियाँ कहाँ दी थीं?

"हुजूर! मैं चाहता था कि ये बात हम दोनों के ही बीच रहे, इसलिए मैंने इसे अशर्फियाँ आम के पेड़ के नीचे दी थीं।"

"ओह, गवाह तो है, वह आम का पेड़ इस बात की गवाही देगा। तुम उस आम के पेड़ के पास जाकर कहो कि बादशाह ने उसे अभी इसी वक्त दरबार में बुलाया है। अगर उसने कहा न माना तो उसे कटवा दिया जाएगा। मुझे विश्वास है कि वह तुम्हारे लिए गवाही जरूर देगा।"

गोविंद आम के पेड़ को गवाही के लिए बुलाने चल पड़ा। खोजा बादशाह के साथ किसी मसले पर बातें करते हुए व्यस्त होने का दिखावा करने लगे। भुल्लन यह सोचकर मन-ही-मन हँस रहा था कि न पेड़ गवाही देने आएगा और न कुछ साबित होगा। कुछ ही देर हुई थी कि खोजा ने पूछा, "पता नहीं अभी तक क्यों नहीं आया गोविंद?"

"अभी तो वो वहाँ तक पहुँचा भी नहीं होगा।" अचानक भुल्लन बोल पड़ा। उसकी बात सुनकर खोजा मुसकराए और फिर बादशाह से गुफ्तगू करने लगे।

कुछ देर बाद हाँफता-काँपता गोविंद लौट आया और बोला, "जो कुछ आपने कहा था, मैंने वह सब जाकर आम के पेड़ से कहा, मगर वह नहीं आया हुजूर, उस पर कोई असर ही नहीं हुआ।"

"पेड़ तो तुम्हारे आने से पहले ही तुम्हारे पक्ष में गवाही देकर चला गया।"

"ऐसा कब हुआ, मैंने तो नहीं देखा।" भुल्लन एकाएक उठकर बोला।

"कुछ देर पहले तुम्हीं ने तो कहा था कि अभी गोविंद गवाही वाले पेड़ तक पहुँचा भी न होगा। तुम्हें कैसे पता कि गोविंद किस पेड़ को बुलाने गया है, वहाँ तक पहुँचने में उसे कितनी देर लगेगी, उत्तर साफ है कि तुम भी गोविंद के साथ वहाँ गए थे और अशर्फियाँ तुम्हारे ही पास हैं।"

खोजा के धमकाने पर भुल्लन ने स्वीकार कर लिया कि न चाहते हुए भी पत्नी के कहने पर उसे गोविंद के साथ विश्वासघात करना पड़ा।

उसने बादशाह के कदमों में गिरकर अपने किए की माफी माँगी, लेकिन अमानत में खयानत करने के लिए उसे दंड भुगतना ही पड़ा। गोविंद को उसकी अशर्फियाँ दिलवाई गईं।

एक बार फिर खोजा बादशाह की नजरों में चढ़ गया।

सखा का कमाल

किसी गाँव में गंगादास नाम का एक आदमी रहता था। उसकी पत्नी का नाम शांति देवी था। उसका स्वभाव उसके नाम के एकदम विपरीत था। जब तक दिन में दो-चार लोगों से झगड़ नहीं लेती थी, उसका हाजमा दुरुस्त नहीं होता था। लेकिन वह नियम की बड़ी पक्की थी। जब से विवाह हुआ था, उसने एक नियम बनाया था, वह हर रोज शाम के वक्त अपने पति को दस जूते मारा करती थी। आँधी आए या तूफान, पर उसका यह नियम कभी न टूटा। शांति देवी की एक लड़की थी। देखने में बहुत सुंदर और गृहकार्य में दक्ष। जब वह विवाह योग्य हो गई तो उसके लिए सुयोग्य वर की तलाश आरंभ हुई।

जहाँ भी बात चलती, लोग उसके यहाँ संबंध बनाने से दूर से ही हाथ जोड़ लेते। सबको एक ही भय था, कहीं बेटी में भी माँ की तरह जूते मारने की आदत न हो। यही एक कारण उस लड़की की शादी की अड़चन बना हुआ था। गंगादास बहुत परेशान हो चुका था। उसे दिन-रात यही चिंता रहती थी कि कहीं उसकी पत्नी की हरकतों के कारण उसकी पुत्री कुँवारी न रह जाए। तब उसने एक पुरोहित से कहा कि यदि वह उसकी लड़की का विवाह किसी योग्य लड़के से करा दे तो वह उसे मुँहमाँगा इनाम देगा।

पुरोहित गाँव से दूर बसे एक नगर में गया। वहाँ वह अपने मित्र खोजा से मिला और उसे सारी बात बताते हुए बोला, "मित्र! यहाँ बात इनाम की नहीं है, किसी लड़की की शादी कराना तो वैसे भी पुण्य का काम होता है। अगर तुम इस नेक काम में मेरी मदद करोगे तो मुझे बहुत प्रसन्नता होगी।"

खोजा ने कहा, "मेरी नजर में एक लड़का है, अच्छा पढ़ा-लिखा भी है। मैं उसे उस लड़की से शादी करने के लिए मना लूँगा। लेकिन तुम्हें लड़की की माँ के सामने मुझे उसका बड़ा भाई बनाकर पेश करना होगा, ताकि मैं शादी के बाद उस लड़की को जूता मारने की आदत न पड़ने दूँ, अन्यथा गंगादास की तरह उसके दामाद की जिंदगी भी खराब हो जाएगी।"

पुरोहित ने ऐसा ही किया। गंगादास और उसकी पत्नी को वह लड़का जँच गया और उसके साथ उन्होंने अपनी लड़की की शादी कर दी। खोजा लड़के को पहले ही सब समझा चुका था। चूँकि लड़के के पास खाने-कमाने का कोई जरिया न था, इसलिए खोजा ने जब कहा कि वह उसके जीवन निर्वाह का भी उचित प्रबंध करा देगा, तो लड़का तुरंत राजी हो गया।

विदाई के समय शांति देवी ने अपनी बेटी को ससुराल में निर्वाह करने की सीख देते हुए एक जूता थमाया और बोली, "तू मेरी बेटी है, तेरी रगों में भी मेरा ही लहू दौड़ रहा है, इसलिए इससे पहले कि तेरा पति तुझे

अपने वश में करे, तू उस पर अपना प्रभाव जमा लेना। अगर तू मेरी सच्ची बेटी है तो अपने पति पर मुझसे भी अधिक प्रभाव जमाना। मैं तो तेरे पिता को हर रोज केवल दस ही जूते मारती हूँ, किंतु तू अपने पति को पंद्रह जूते मारना। अगर तू ऐसा न कर सकी तो समझ लेना कि तूने अपनी माँ का दूध लजा दिया।"

लड़की ने जूता लेकर अपने सामान के साथ रख लिया। पत्नी के कहने पर गंगादास बेटी को ससुराल पहुँचाने के लिए गया। जैसे ही लड़की ने ससुराल में कदम रखा, अपने सामने भयानक रूप वाले कद्दावर आदमी को देखकर वह थर-थर काँपने लगी। यह व्यक्ति और कोई नहीं स्वयं खोजा था, जिसने यह स्वाँग रचाया था। साथ ही उसके पति को भी उसने चिड़चिड़ा स्वभाव बनाकर रहने के लिए समझा दिया। लड़की ने कल्पना भी न की थी कि ससुराल में आकर उसका पाला ऐसे अजीब लोगों से पड़ेगा। उन दोनों के स्वभाव से लड़की इतनी भयभीत हो गई कि उसने जूता चुपचाप एक कोने में डाल दिया और दोनों की सेवा करने में ही अपनी भलाई समझी।

एक दिन भोजन के पश्चात् खोजा और गंगादास टहलने के लिए निकल गए। बातों-बातों में खोजा ने गंगादास की पीठ पर हाथ रख दिया, जहाँ गड्ढे पड़ रहे थे। खोजा ने अनजान बनते हुए उन गड्ढों का कारण पूछा तो गंगादास की आँखें छलछला आईं और उसने खोजा को सारी आपबीती सुना डाली।

सबकुछ सुनने के बाद दुख प्रकट करते हुए खोजा ने कहा, "मेरे पास एक उपाय है, जो तुम्हें इस नारकीय जीवन से मुक्ति दिला सकता है, तुम कहो तो बताऊँ।"

गंगादास इस अपमानित जीवन से तंग आ चुका था, उसने तुरंत हामी भर दी।

खोजा ने उसे चार महीने तक अपने यहाँ रखा। इस बीच उसने उसे विशेष प्रकार की कसरत करनी सिखाई और कहा कि कसरत लगातार करता रहे। गंगादास खोजा की बताई कसरत करने लगा। उसकी लगन को देखकर खोजा उसे अच्छा पौष्टिक और बलवर्धक भोजन देता था। यह सब जुगत भिड़ाने के चार महीने के भीतर गंगादास का शरीर बलिष्ठ और खूब पुष्ट हो गया। अब खोजा ने अपनी योजना के दूसरे चरण को अंजाम दिया। उसने लुहार को बुलाकर एक सुंदर डंडा बनवाया। इस डंडे के बाँस के ऊपर आवश्यक जगहों में लोहा लगवाकर उसको मजबूत बनवा दिया।

उस डंडे को खोजा ने 'सखा' का नाम दिया। 'सखा' को गंगादास को सौंपते हुए उसे इस्तेमाल करने के गुर भी सिखाए, फिर उसे घर भेज दिया।

उधर शांति देवी का समय काटे नहीं कट रहा था। वह बेचैन थी कि इतने दिनों से उसने अपने पति को जूते नहीं मारे थे। मगर वह भी हिसाब की पक्की थी। उसने एक-एक दिन और एक-एक जूते का हिसाब रखा

था। पाँच महीने बाद जब गंगादास घर आया तो उसे देखकर शांति देवी बहुत खुश हुई। एक बारगी तो उसे विश्वास ही नहीं हुआ कि सूखी-मरियल एक पसली का गंगादास इतना हृष्ट-पुष्ट होकर लौटा है। जो भी हो, उसे देखकर वह बहुत खुश हुई।

पाँच महीने बाद पति घर आया, न उसकी सुनी, न अपनी कही। उसे इस बात से भी कोई सरोकार न था कि वह बेचारा इतनी दूर से थका-हारा आया था। भोजन तो दूर की बात, उसने पानी को भी नहीं पूछा और आते ही उसे जूता मारने की जगह पर बैठने के लिए कह दिया। बेचारा बलि का बकरा खोजा के दिए 'सखा' को छिपाए उस जगह पर जा बैठा।

अपनी आदत के अनुसार जैसे ही शांति देवी ने उसे जूता मारने के लिए हाथ ऊपर उठाया वैसे ही गंगादास ने अपने पीछे छिपा 'सखा' निकाला और उससे काम लिया। उसने शांति देवी के सिर पर डंडे का इतना जोरदार प्रहार किया कि उसकी चीख निकल गई। वह सिर पकड़ कर नीचे बैठ गई और चिल्लाने लगी, "अरे मार डाला! मार डाला रे!"

तभी पति ने दूसरा डंडा मारा। इस बार वह और जोर से चिल्लाई। उसके चिल्लाने की आवाज पड़ोसियों के घर तक पहुँचने लगी। माजरा जानने के लिए उसके घर में लोगों की भीड़ लग गई। सभी उसे मारने से रोकने लगे।

जैसे-तैसे गंगादास ने अपना हाथ रोका और डंडा एक ओर फेंक

दिया। क्रोध के कारण इस समय वह बड़ा भयानक लग रहा था। आज से पहले किसी ने उसका ऐसा रूप न देखा था।

पति का यह रौद्र रूप देखकर शांति देवी की रूह तक काँप उठी। उस दिन के बाद वह वही करती, जो उसका पति कहता। अब गंगादास का जीवन सुखमय हो गया था। इतना ही नहीं, अब शांति देवी ने दूसरे लोगों से भी झगड़ना कम कर दिया था, जिससे मोहल्ले वालों ने भी चैन की साँस ली।

जब लोगों को पता चला कि खोजा की तरकीब से गंगादास को अपनी पत्नी की दुष्टता से छुटकारा मिल पाया है तो वे उसकी प्रशंसा किए बिना न रह सके।

खोजा का जुरमाना

खोजा अपने सभी दरबारियों की आँखों में खटकता था। चटपटे मिजाज, अनोखी तरकीबों और बुद्धिमानी के कारण वह बादशाह के मन चढ़ गया था। अब बादशाह उससे अनेक मुद्दों पर उससे मशविरा लेने लगे थे। बादशाह द्वारा खोजा का इतना मान-सम्मान कुछ दरबारियों की आँखों में खटकने लगा था। वे बस इसी फिराक में रहते थे कि उसे बादशाह की नजरों से कैसे गिराएँ।

एक बार खोजा से कोई गुस्ताखी हो गई। उसके बैरियों को मौका मिल गया और उन्होंने खोजा के खिलाफ बादशाह के कान भरने शुरू कर दिए। बादशाह के सामने दरबार में खोजा को बतौर आरोपी पेश किया गया। बादशाह ने कहा, "खोजा! तुम्हारे ऊपर लगे सभी आरोप साबित हो चुके हैं, अतः तुम सजा के हकदार माने गए हो। तुम्हें अपनी सफाई में कुछ कहना है?"

"नहीं आलीजहाँ! जब आपकी नजरों में मैं कसूरवार साबित हो गया हूँ तो सफाई किस बात की। अब तो मैं वास्तव में सजा का हकदार हो गया हूँ। मगर एक बार आपने मुझसे एक वायदा किया था, अगर इजाजत हो तो मैं जिल्लेइलाही को उनका वायदा याद दिलाना चाहता हूँ।"

"इजाजत है।"

"जहाँपनाह! एक बार शिकार के दौरान मैंने आपसे वायदा लिया था

कि अगर भविष्य में मुझसे कोई भूल हो जाए तो मुझे दंड देने का अधिकार मेरी इच्छा के लोगों को सौंपा जाएगा।"

"बेशक! वायदा पूरा किया जाएगा। बोलो, किसे सौंपना चाहते हो तुम दंड देने का अधिकार?"

"बंदापरवर! मुझे दंड देने का अधिकार किन्हीं पाँच गाँव के चौधरियों को सौंप दिया जाए। उनके द्वारा निश्चित की गई सजा मुझे मंजूर होगी।"

खोजा की बात सुनते ही विरोधी दरबारियों की बाँछें खिल गईं। उनके सुझाव पर ही बादशाह ने पाँच अलग-अलग गाँवों के चौधरियों को बुलवाया। पाँच गाँव के चौधरी जमा हुए। खोजा के विरोधी यह सोचकर खुश हो रहे थे कि इस बार खोजा अपने फैलाए जाल में खुद ही फँस गया है कि लाख चाहकर भी निकल नहीं पाएगा और सजा जरूर पाएगा। क्योंकि बादशाह तो एक बार रहम की अपील करने पर सजा देने से बाज आ सकते थे, लेकिन गाँव के चौधरी उसूलों के पक्के होते हैं, एक बार सजा पक्की हो जाने पर वे उसे किसी कीमत पर भी माफ नहीं करते। दोष साबित हो जाने पर वे सजा अवश्य देते थे। पंचायत बैठी, पाँचों चौधरी दुष्ट दरबारियों द्वारा सिखाए-पढ़ाए हुए थे। वे इस मौके को पूरी तरह भुनाना चाहते थे। अतः उन्होंने सोचा कि खोजा को कुछ ऐसा दंड दिया जाए, जिसे वह जीवन भर न भूल सके।

उन पाँचों में से एक ने कहा, "पंचो! खोजा का अपराध कोई मामूली नहीं है, जो उसे छोटी-मोटी सजा देकर छोड़ दिया जाए। इसलिए इस पर सात बीसी दस, यानी डेढ़ सौ रुपए का जुरमाना किया जाना चाहिए।"

दूसरे चौधरी को इतने बड़े जुरमाने की सजा बहुत बड़ी लगी, इसलिए उसने इसे अस्वीकार कर दिया। इतने बड़े जुरमाने की कल्पना मात्र ने उसे भीतर तक झकझोरकर रख दिया। वह सोचने लगा, खोजा के किए का भुगतान उसके परिवार वाले क्यों करें। इतनी बड़ी रकम के जुरमाने से इसके परिवार को भूखों मरने की नौबत आ जाएगी, घर बरबादी के गर्त में डूब जाएगा। यह सब सोचकर उसने जुरमाना घटाकर पाँच बीसी अर्थात् सौ रुपए रखने का प्रस्ताव दिया। जबकि तीसरे चौधरी के अनुसार यह रकम भी ज्यादा थी, उसने प्रस्ताव रखा कि जुरमाने की रकम तीन बीसी अर्थात् साठ रुपए कर दी जाए। चौथे ने सोचा, अगर मैंने इस अवसर पर कुछ न कहा तो मेरा यहाँ बैठना निरर्थक ही रह जाएगा, अतः उसने अपनी तरफ से एक बीसी अर्थात् बीस रुपए घटाकर चालीस रुपए जुरमाने का प्रस्ताव रखा।

चौथे पंच के प्रस्ताव को अन्य तीनों ने अपनी स्वीकृति प्रदान कर दी। यह सब देखते हुए चारों के चुने पाँचवें सरपंच ने बड़ी अकड़ के साथ कहा, "पाँचों की सम्मिलित राय है कि खोजा के अपराध को देखते हुए दो बीसी अर्थात् चालीस रुपए का जुरमाना किया जाता है। मगर मैं बादशाह सलामत से विनम्र निवेदन करता हूँ कि इस रकम के लिए खोजा से सख्ती न की जाए, क्योंकि यह रकम बहुत बड़ी है। इसलिए अगर खोजा इस रकम को किश्तों में अदा कर सके तो यह उससे किश्तों में ले ली जाए।"

फैसला हो चुका था। सभी चौधरी बादशाह द्वारा ससम्मान विदा कर दिए गए। उनके जाने के बाद बादशाह जोर से हँस पड़े। दरबारी भी इस

बात को बखूबी समझ चुके थे कि बादशाह अचानक क्यों हँस पड़े। बादशाह बोले, "वाह भाई खोजा! ये भी खूब रही। यहाँ भी तुमने अपनी अक्ल के घोड़े दौड़ा दिए। ये भी कमाल हो गया। गलती पर जुरमाने की सजा भी हो गई, पूरा न्याय भी हो गया, और तुम पर कोई फर्क भी न पड़ा। मजे की बात तो यह है कि चालीस रुपए का जुरमाना भी तुम जैसे इनसान के लिए चुका पाना मुश्किल बताया गया, जिसे वसूलने में सख्ती न बरतने की गुजारिश की गई। बादशाह होने के हक से मैं तुम्हारा ये जुरमाना माफ करता हूँ।"

"लेकिन एक बात बताओ!" बादशाह ने कौतूहलवश पूछा, "तुमने गाँव के चौधरियों से ही न्याय करने की बात क्यों कही?"

"जहाँपनाह! गाँवों में ज्यादातर सजा जुरमाने के तौर पर ही होती है। उससे भी बड़ी बात यह है कि हर आदमी अपनी हैसियत को देखकर ही बात करता है। गाँवों में गरीबी इतनी है कि वहाँ के लोगों को साल-छह महीने में कभी एकाध बार दस-बीस रुपए देखने को मिलते हैं, उन बेचारों के लिए यही बहुत बड़ी रकम होती है। ऐसी स्थिति में मुझे पहले से ही यकीन था कि वे लोग सजा के तौर पर मुझे जुरमाना भरने के लिए ही कहेंगे और उसमें भी वे लोग सैकड़ा पार न कर सकेंगे। नतीजा आपके सामने है, वे लोग चालीस पर ही अटक गए, और वह भी उन्हें बहुत ज्यादा लगा।" सजा पाने पर भी खोजा को प्रशंसा मिलती देख ईर्ष्यालु दरबारियों के चेहरे उतर गए।

सच्चा अधिकारी

हमेशा की तरह बादशाह का दरबार खास सलाहकारों और सिपहसालारों से भरा हुआ था। बादशाह का मुँह लगा खोजा भी अपने स्थान की शोभा बढ़ा रहा था। आज दरबार में चर्चा का विषय था–राज्य की सीमाओं की सुरक्षा। सभी अपनी–अपनी सलाह बादशाह के समक्ष रख रहे थे।

तभी दो व्यक्ति दरबार में आए और उनमें से एक बोला, "बादशाह सलामत का इकबाल बुलंद हो! हुजूर, मैं बड़ी आस लेकर आपके पास आया हूँ, मेरा इनसाफ कीजिए।"

तभी उसके साथ आया दूसरा व्यक्ति बोला, "हुजूर नाइनसाफी तो मेरे साथ हो रही है, आप मुझे इनसाफ दीजिए।"

"मामला क्या है?" बादशाह ने उन दोनों से पूछा।

अन्नदाता! मेरा नाम मुरारी है, यह मेरा पड़ोसी सुक्खा है। कुछ समय पहले तक यह मेरा दोस्त हुआ करता था। हम दोनों के घर आस–पास में हैं, जिसके सामने एक खाली जमीन पड़ी है। हुजूर! बरसों पहले मैंने उस पर एक आम का पेड़ लगाया था। वर्षों बाद इस बार उस पेड़ पर फल लगे हैं। उन फलों को देखकर इस सुक्खा का ईमान डोल गया, और अब यह उस पेड़ पर अपना अधिकार जमाता है और कहता है कि पेड़ इसका है।"

बादशाह ने सुक्खा से पूछा, "तुम कुछ कहना चाहते हो?"

"हाँ बंदापरवर! यह मुरारी झूठ बोल रहा है, वह पेड़ मेरा ही है। आप चाहें तो गुल्लू से पूछ लीजिए। कुछ दिन पहले हमने उसे पेड़ की रखवाली के लिए रखा था।"

गुल्लू को दरबार में तलब किया।

"हुजूर! मैं ठहरा मामूली सा नौकर, मुझे भला इस मामले में क्या पता होगा। मैं तो बस इतना जानता हूँ कि कुछ महीनों पहले इन दोनों ने ही मुझे पेड़ की देखभाल के लिए रखा था। मेरा वेतन भी ये दोनों आधा-आधा मिलकर देते थे। इसलिए मुझे नहीं पता कि पेड़ इन दोनों में से किसका है?" पूछताछ करने पर गुल्लू ने बताया।

इस अनोखे झगड़े ने बादशाह को असमंजस में डाल दिया। उनकी समझ में नहीं आ रहा था कि किस प्रकार इस मामले में फैसला करें। उन्होंने दरबार में मौजूद मंत्रियों, सलाहकारों आदि की ओर देखा। उन सबकी नजरें तो पहले ही झुकी हुई थीं। कोई भी कुछ भी कहने में समर्थ न था।

बादशाह ने खोजा की ओर देखा। उसने अपने स्थान से उठते हुए कहा, "बादशाह सलामत! खादिम के होते हुए आपको चिंता करने की कोई जरूरत नहीं। आप इस मसले को मुझे सौंप दें। मैं खुद इसे सुलटा लूँगा।"

बादशाह ने उन दोनों का निर्णय करने का दारोमदार खोजा को सौंप दिया।

खोजा ने बारी-बारी से दोनों की बातें सुनीं। दोनों अपनी बात पर अड़े थे, कोई डिगने को तैयार नहीं। नौकर से भी एक बार फिर बात की गई। उसने अपनी वही बात पुनः दोहरा दी, जो अपनी जगह बिलकुल ठीक थी।

इस तरह से तो दोनों का ही पेड़ पर अधिकार दिखाई देता था। फैसला ठीक प्रकार से हो सके, इसके लिए आस-पड़ोस के लोगों से भी पूछताछ की गई लेकिन किसी की बात भी यह साबित न कर सकी कि पेड़ किसका है? चूँकि सुक्खा और मुरारी अड़ोसी-पड़ोसी थे, इससे भी बढ़कर दोनों की दाँत काटी रोटी जैसी यारी थी। दोनों ही पेड़ में पानी देते, काट-छाँट करते और दोनों ही पेड़ की छाँव में बैठते थे और अब दोनों ही उस पेड़ पर एकछत्र अधिकार चाहते थे, दूसरे का आधा हिस्सा दोनों में से किसी को बरदाश्त न था। मामला बड़ा टेढ़ा था। दोनों को अगले दिन आने के लिए कहकर खोजा ने उस समय उन्हें वहाँ से भेज दिया। गुल्लू से कहा गया कि जब तक फैसला नहीं हो जाता, उसे काम पर आने की जरूरत नहीं, लेकिन उसका वेतन उसे पूरा मिलेगा।

अपने दिमाग के घोड़े दौड़ाते हुए खोजा ने अपने दो विश्वासपात्र नौकरों को कुछ समझा-बुझाकर विवादित पेड़ की रखवाली के लिए भेजा।

कुछ सोचकर खोजा ने गुल्लू को अपने पास ही रोक लिया।

रात के समय खोजा ने गुल्लू को पहले सुक्खा के घर भेजा। खोजा

के सिखाए-पढ़ाए गुल्लू ने सुक्खा के घर जाकर कहा, "सुक्खा भइया! जल्दी बाहर आओ।" सुक्खा की पत्नी बाहर आई और बोली, "वे तो घर पर नहीं हैं, क्या बात है?"

"मैंने पेड़ के नीचे कुछ लोगों को देखा है, वे रातों-रात सारे फल तोड़कर ले जाना चाहते हैं, जल्दी चलो।"

"अभी तो वे हैं नहीं, जब आएँगे तो भेज दूँगी।"

सुक्खा की पत्नी का जवाब सुनकर गुल्लू मुरारी के घर गया और वही बात यहाँ भी दोहराई। संयोग से मुरारी भी उस समय घर पर नहीं था।

गुल्लू का संदेश आने के पश्चात् खोजा के भेजे दोनों विश्वासपात्र व्यक्ति अँधेरे का लाभ उठाते हुए मुरारी और सुक्खा के घर के पीछे अहाते की ओट में छिपकर बैठ गए। सुक्खा के घर आते ही उसकी पत्नी ने गुल्लू की बताई सारी बात उससे कह डाली।

"पहले खाने के लिए कुछ लाओ। पहले पेट-पूजा बाद में काम दूजा। और फिर चोर-डाकू हैं, खाली हाथ थोड़े ही आए होंगे, जरूर हथियारबंद होंगे। फल चुराएँ या पेड़ में आग लगाएँ, मैं क्यों अपनी जान खतरे में डालूँ, जिसका पेड़ है वो देखेगा।" यह कहकर सुक्खा ने खाना खाया और चद्दर तानकर सो गया।

उधर मुरारी के आने पर जब उसकी पत्नी ने उसे गुल्लू का संदेश सुनाया तो बिना एक पल गँवाए उसने लाठी झपटी और बाहर की ओर निकल गया।

पत्नी ने कहा, "सारे दिन के भूखे-प्यासे हो, पहले खाना खा लो।" मुरारी बोला, "चोर मेरी वर्षों की तपस्या का फल चुराने के लिए खड़े हैं और तुझे खाना खिलाने की पड़ी है। पहले पेड़ के फल चोरी होने से बचाना आवश्यक है, खाना तो बाद में भी खाया जा सकता है। लेकिन अगर एक बार फल चोरी हो गए तो वापिस नहीं लाए जा सकते।"

दोनों की बातें सुनकर खोजा के भेजे हुए नौकरों ने आकर उन्हें सारी बातों से अवगत कराया।

अगले दिन खोजा के कहे अनुसार मुरारी और सुक्खा ठीक समय पर फैसला सुनने के लिए उसके पास आ पहुँचे। उस समय तक खोजा के सामने मामले की सारी तसवीर बिलकुल साफ हो चुकी थी। लेकिन प्रत्यक्ष प्रमाण सामने लाने के लिए खोजा ने कहा, "तुम्हारे मामले पर काफी विचार करने के पश्चात् मैं इस नतीजे पर पहुँचा हूँ, क्योंकि अगर तुम दोनों में से कोई भी पेड़ पर से अपना अधिकार छोड़ने को तैयार नहीं है इसलिए मैंने निश्चय किया है कि तुम दोनों के झगड़े को समूल ही नष्ट कर दिया जाए। इसके लिए उस पेड़ के सारे फल तुड़वाकर पेड़ को कटवाकर वहाँ की सारी जगह साफ कर दी जाए।" उसने सुक्खा की अेर देखते हुए पूछा, "क्यों सुक्खा! तुम क्या कहते हो?"

"मैं क्या कह सकता हूँ हुजूर! जो आपको उचित जान पड़े वही कीजिए।" किंतु जब मुरारी से इस विषय में पूछा गया तो उसकी आँखों में आँसू छलक आए, गला भर आया उसका और भरभराई आवाज में वह

बोला, "नहीं अन्नदाता! ऐसा जुल्म मत कीजिए। वर्षों बाद पहली बार टिकोरे फूटे हैं पेड़ पर, उन्हें कच्चा न तुड़वाइए। अपने बच्चे की तरह सींचा है उसे मैंने, कैसे देख सकता हूँ हरे-भरे पेड़ को कटते हुए। मेरा न भी हुआ तो क्या? दूर से देखकर ही खुश हो लिया करूँगा। आप वह पेड़ सुक्खा को ही दे दीजिए।"

"बस, आ गई असलियत सामने। वह पेड़ तुम्हारा है मुरारी। यह सुक्खा झूठा है। इस बात का सबूत तो रात को ही मिल गया था, जब फलों को चोरों से बचाने के बजाय ये चादर तानकर सो गया था और मुरारी लाठी लेकर भाग पड़ा था।"

अपना झूठ खुलते ही सुक्खा खोजा के पैरों में गिरकर अपने झूठ की माफी माँगने लगा। झूठ बोलने के आरोप में सुक्खा को एक महीना बिना वेतन घुड़साल की चाकरी करने की सजा दी गई और मुरारी को उसका पेड़ एकाधिकार से मिल गया।

अक्ल का खेल

एक बार बादशाह के दरबार में दूर-देश के बादशाह का एक दूत आया। वह अपने साथ बहुत से कीमती तोहफे लाया था। वे सभी तोहफे बादशाह को नजर करते हुए उसने कहा, "बादशाह सलामत! आपकी और आपके दरबारियों की अक्लमंदी, चतुरता और बहादुरी दूर-दूर तक मशहूर है, इसीलिए मेरे बादशाह ने मुझे आपके पास भेजा है। वे चाहते हैं कि आप मुझे एक मटका अक्ल दे दें। हमारे बादशाह को पूरा यकीन है कि आप उन्हें निराश नहीं करेंगे, कैसे भी करके आप उनकी माँग को जरूर पूरा करेंगे और वह भी जल्दी से जल्दी।

दूत की बातें बादशाह के सिर के ऊपर से निकल रही थीं। उनकी समझ में कुछ नहीं आ रहा था। भला अक्ल किसी कुएँ में भरी होती है, जो एक मटका निकालकर दे देंगे। सोचते-सोचते उनका सिर चकराने लगा था। फिर उन्होंने सोचा, 'अवश्य ही वह बादशाह हमारा मजाक उड़ा रहा है, वह हमें नीचा दिखाने की कोशिश कर रहा है। अगर वह इसमें सफल हो गया तो...।'

किंतु तभी दरबार से एक दरबारी उठकर बादशाह के पास गया और कान में फुसफुसाकर बोला, "जहाँपनाह! इतना क्यों सोच रहे हैं। मेरी मानें तो खोजा को बुलवा लीजिए, वह अवश्य ही कोई-न-कोई रास्ता

निकाल लेगा।" ये महाशय खोजा के विरोधियों मे से थे, जो इसी ताक में रहते थे कि किस प्रकार खोजा को बादशाह की नजरों में गिराया जाए। बस यह वही जुगत थी।

"हमें नहीं लगता, यह खोजा के बस की बात होगी।" बादशाह ने कहा।

"जैसी जिल्लेइलाही की मरजी, फिर भी पूछने में क्या हर्ज है।"

खोजा को बुलाया गया। बादशाह ने उसे सारी बात बताई तो वह मुसकराकर बोला, "खादिम के होते हुए आलमपनाह को चिंता करने की क्या जरूरत? अक्ल का बंदोबस्त हो जाएगा। इसमें कुछ समय लगेगा, अतः आप हमें कुछ सप्ताह का समय दें। उसके पश्चात् मटका भर अक्ल आपके सामने होगी।"

यह सुनकर बादशाह ने सोचा, वास्तव में अल्लाह ने अजब नमूना बनाया है ये खोजा, जो बात सोचने में ही अटपटी लग रही है, यह उसे भी कर दिखाने की बात कर रहा है। कुछ तो अवश्य चल रहा होगा इसके दिमाग में।"

खोजा की बात पर कोई टिप्पणी किए बिना बादशाह ने उसे मुँहमाँगा समय दे दिया।

खोजा सीधा दरबार से अपने घर गया। शाम के समय उसने अपने खास सेवक को आदेश दिया, "मिट्टी के कुछ ऐसे मटकों का बंदोबस्त करो, जिनका मुँह छोटा हो।" सेवक ने बिलकुल वैसे ही मटकों का

इंतजाम किया जैसा खोजा ने कहा था।

मटके देखकर खोजा की आँखें चमक उठीं। सेवक के साथ मटके लेकर खोजा बगीचे में गए। वहाँ कद्दू की बेल के पास जाकर उन्होंने सेवक से एक मटका लिया। मटके को उन्होंने कद्दू के एक फूल पर उलटा रख दिया। सेवक बड़े ध्यान से यह सब देख रहा था। तभी खोजा ने उससे कहा कि बाकी सारे मटकों को भी इसी तरह कद्दू के फूलों पर उलटा रख दे।

इस काम से निबटकर उन्होंने सेवक से कहा, "इन सब मटकों की सावधानीपूर्वक निगरानी करना। ध्यान रहे, एक भी मटके को हानि नहीं पहुँचनी चाहिए और यह भी देखते रहना कि इसके भीतर का फल अपना पूरा आकार ले ले।" सेवक को सारी बातें समझाने के बाद खोजा वहाँ से चले गए।

समय बीतता जा रहा था। खोजा द्वारा माँगी गई समयावधि पूरी हो जाने के पश्चात् बादशाह द्वारा अक्ल के मटके के विषय में पूछने पर खोजा ने कहा, "बादशाह सलामत! काम तो बस हुआ ही रखा है, लेकिन पूरी तरह होने में अभी पंद्रहवाड़े अर्थात् दो सप्ताह और लगेंगे, उसके बाद मटका अक्ल से लबालब भर जाएगा।"

पंद्रह दिन व्यतीत होने पर खोजा बगीचे में गए। मटके वाले स्थान पर उन्होंने जाकर देखा, मटके के अंदर के फूल पूरी तरह फल बन चुके हैं। वे सेवक के काम से बहुत खुश हुए। उसकी प्रशंसा करते हुए उन्होंने

कहा, "तुमने अपना काम दिल लगाकर और कुशलता के साथ किया है, इसका इनाम तुम्हें जरूर मिलेगा।"

खोजा के कहने पर बादशाह ने विदेशी दूत को दरबार में बुलाया। बादशाह ने कहा, "हमें खेद है कि आपको आपकी मुँहमाँगी वस्तु देने में हमने इतना वक्त लगाया, किंतु आपने चीज ही ऐसी माँगी थी, बहरहाल अक्ल से भरा एक मटका तैयार है।" कहकर उन्होंने खोजा की तरफ देखा।

खोजा ने ताली बजाई। ताली की आवाज सुनते ही एक सेवक एक बड़े थाल में मटका सजाकर बड़ी शान से लेकर आया।

थाल से मटका उठाकर खोजा ने उसे दूत के हाथों में थमाते हुए कहा, "यह लीजिए जनाब! यह अक्ल का मटका है। इसे अपने बादशाह को भेंट कर दीजिए। लेकिन एक बात का खास तौर पर ध्यान रखिएगा कि हमारा यह बेशकीमती बरतन खाली हो जाने पर हमें वैसा ही लौटा दीजिए। और एक बात, इसके भीतर रखे अक्ल के फल को निकालते समय यह जरूर ध्यान रहे कि यदि बरतन को जरा भी नुकसान पहुँचा तो फल प्रभावहीन हो जाएगा। कुल मिलाकर बात यह है कि फल का उपयोग आप चाहे जैसे भी करें। लेकिन बरतन को नुकसान नहीं पहुँचना चाहिए।"

"क्या मैं अक्ल के इस फल को देख सकता हूँ?" दूत ने खोजा से पूछा।

"बेशक जनाब, बेशक!" खोजा ने अपने अनोखे अंदाज में गरदन हिलाते हुए कहा, "और हाँ, अगर आपके बादशाह को और भी अक्ल चाहिए हो, तो हमारे पास ऐसे पाँच घड़े और भी मौजूद हैं, वे भी फल सहित।"

उस समय दूत मन-ही-मन अपनी और अपने बादशाह की बुद्धि को कोस रहा था कि न जाने कौन सी मनहूस घड़ी में यह खयाल हमारे जेहन में आया कि इस बादशाह की परीक्षा ली जाए। हम कैसे भूल गए कि खोजा जैसे मनमौजी इसके पास डेरा लगाए हैं।

दूत का मन चाह रहा था कि अपने बाल नोच डाले। फिर खुद को स्थिर करते हुए वह मटके को लेकर वहाँ से चला गया।

बादशाह भी खोजा की इस कारगुजारी को जानने के लिए उत्सुक हुए जा रहे थे। दूत के जाते ही उन्होंने कहा, "खोजा! हम भी अक्ल के उस फल का दीदार करना चाहते हैं, तुमने अभी उस दूत से कहा था कि तुम्हारे पास ऐसे पाँच मटके और तैयार रखे हैं। हमें भी दिखाओ, क्या है उन मटकों में।"

"अभी मँगवाए देता हूँ आलमपनाह!" खोजा ने मुसकराते हुए कहा।

ज्यों ही बादशाह ने मटके के अंदर झाँका तो उनका मुँह खुला और आँखें फटी की फटी रह गईं। उन्होंने देखा कि मटके के अंदर उसी के जितने आकार का कद्दू फँसा हुआ था।

बादशाह अपनी हँसी को रोक न सके और खिलखिलाकर हँस पड़े।

उन्होंने खोजा की पीठ ठोकते हुए कहा, "वाह! भई खोजा, मान गए। तुम्हारी अक्ल का जवाब नहीं। अक्ल का क्या शानदार नमूना पेश किया है तुमने अक्ल के फल के रूप में। उस दूत के बादशाह को अक्लमंद होने में अब ज्यादा वक्त नहीं लगेगा।"

खोजा की तारीफ करते हुए बादशाह ने उसे और अक्ल का फल उगाने वाले उनके सेवक को बहुत सा इनाम दिया।

जिन दरबारियों ने खोजा को इस मुश्किल में डाला था, यह देखकर उनके मुँह लटक गए।

फूलदान

एक बार बादशाह सलामत ने अपने राज्य में एक महोत्सव का आयोजन किया, जिसमें उन्होंने अनेक देशों के राजा, महाराजा और बादशाहों को आमंत्रित किया। उत्सव इतना विशाल था कि देखने वालों की आँखें खुली की खुली रह गईं। पूरे नगर को दुलहन की तरह सजाया गया था। सजाने के लिए कारीगर और सजावट का सामान बाहर के देशों से मँगवाया गया था। देखने वाले जिधर को निकल जाते, तो पलकें झपकाना भूल जाते थे। जितने भी मेहमानों को जलसे में आमंत्रित किया गया था, वे सभी बादशाह के लिए एक से बढ़कर एक कीमती उपहार लेकर आए थे। उन उपहारों में चार बहुमूल्य फूलदान भी थे, जिनकी खूबसूरती को शब्दों में बयाँ करना मुश्किल था। बादशाह को फूलदान बेहद पसंद आए, बल्कि वे उन्हें अपने प्राणों से भी प्रिय लगने लगे। इसलिए उनकी देख-रेख के लिए एक सेवक अलग से तैनात कर दिया, उसे सख्त हिदायत दी गई कि फूलदानों के रख-रखाव में किसी भी प्रकार की कोताही बरदाश्त नहीं की जाएगी। यदि एक भी फूलदान को किसी प्रकार की हानि पहुँची तो उसे मृत्युदंड दिया जाएगा।

वह सेवक फूलदानों की सुरक्षा और देखभाल में दिन-रात एक किए रहता था। धूल आदि को वह उनके आस-पास भी नहीं फटकने देता था। एक दिन सेवक फूलदानों की झाड़-पोंछ कर रहा था, तभी अचानक उसे

कुछ शोर सुनाई दिया। शोर से उसका ध्यान बँट गया और एक फूलदान उसके हाथ से छूटकर जमीन पर गिर गया। फूलदान चूर-चूर होकर जमीन पर पड़ा था। यह देखकर सेवक के प्राण सूख गए। उसे अपने चारों ओर यमदूतों की परछाइयाँ नजर आने लगीं। पलकें झपकना भूल गईं, दिल ने धड़कना बंद कर दिया, नब्ज जाम हो गई और साँसों ने जैसे चलना बंद कर दिया हो, किसी बुत की तरह खड़ा था वह।

उसी समय बादशाह फूलदानों की खैरियत जानने के लिए उस कक्ष में प्रविष्ट हुए। सामने का नजारा देख उनकी आँखों से शोले निकलने लगे, वे गुस्साए शेर की तरह दहाड़े, "नामाकूल! यह क्या किया तुमने? हमने तुम्हें इन फूलदानों की हिफाजत के लिए रखा था और तुमने इसे तोड़ डाला।" उन्होंने तुरंत सैनिकों को बुलाया और फरमान जारी कर दिया, "इस लापरवाह को आज से ठीक आठवें दिन सरेआम फाँसी पर लटका दिया जाए।"

बादशाह का हुक्म बजाते हुए सैनिकों ने सेवक को कारागार में डाल दिया। जल्दी ही यह बात जंगल की आग की तरह पूरे राज्य में फैल गई। सेवक के घर में मातम छा गया। उसकी बूढ़ी माँ बेसुध होकर बार-बार गिरे जा रही थी। बीवी और बच्चों का बिलख-बिलखकर बुरा हाल था।

तभी किसी ने उनसे कहा, "देखो बहन! बादशाह ने जो हुक्म दिया है तो अब उसे पूरा हुआ ही जानो। लेकिन हाँ, एक शख्स है खोजा, जो बादशाह के फैसले को बदल सकता है। तुम लोग खोजा के पास जाकर उससे मदद माँगो, खुदा के बाद बस वही है, जो तुम्हारी मदद कर सकता है।"

सेवक की माँ और बीवी ने खोजा के पास जाकर उन्हें सबकुछ बताते हुए मदद की गुहार लगाई। खोजा ने उन्हें आश्वस्त करते हुए कहा, "तुम लोग खुदा पर भरोसा रखो। मुझसे जो बन पड़ेगा मैं जरूर करूँगा।"

खोजा तत्काल महल में पहुँचे। उस समय बादशाह एकांत में बैठे हुए थे। बादशाह के पास जाकर उन्होंने कहा, "जिल्लेइलाही! सेवक की उम्र गुजर गई आपकी खिदमत करते-करते, उसने अपने पूरे कार्यकाल में कभी शिकायत का मौका नहीं दिया। उसकी इसी कार्यकुशलता को देखकर आपने उसे अहम काम सौंपा। मैं पूरे विश्वास के साथ कह सकता हूँ कि जरूर यह गलती उसने जानबूझकर नहीं की होगी, फिर भला एक बेजान फूलदान के लिए किसी जीते-जागते इनसान की जान लेना कहाँ तक उचित है। मैं बंदापरवर से गुजारिश करता हूँ कि उसे इतनी कठोर सजा न दी जाए।"

बादशाह के सिर पर तो उस समय क्रोध का दानव सवार था, उन्होंने साफ शब्दों में कहा, "खोजा! हमें समझाने की कोशिश न करो। हमारा फैसला बदलने वाला नहीं है।"

खोजा बादशाह का क्रोध अच्छी तरह से जानते थे। इसलिए उस समय तो वे कुछ न बोले, पर उन्होंने मन में निश्चय कर लिया कि कुछ भी हो जाए, सेवक को फाँसी पर तो नहीं चढ़ने देंगे। उन्होंने तुरंत कारागार का रुख किया और सेवक से मिलने जा पहुँचे। खोजा को देखते ही सेवक उनके पैरों में गिर पड़ा और रो-रोकर आपबीती सुनाने लगा। उसकी सारी बात सुनने के पश्चात् खोजा ने दिलासा दी और अपना मुँह

उसके कान के पास ले जाकर कुछ फुसफुसाने लगे। पूरी बात समझाने के बाद उन्होंने कहा, "यदि तुमने सबकुछ मेरे कहे अनुसार किया तो कम-से-कम तीन और उन तीन से जुड़े तीस लोगों के प्राण बचा लोगे।" अपनी बात कहकर खोजा वहाँ से चले गए।

दिनों को तो मानो पंख लग गए थे। फिर फाँसी वाला दिन भी आ पहुँचा। सेवक को कारागार से फाँसी वाले स्थान पर लाया गया। वहाँ लोगों का हुजूम उमड़ पड़ा था। अपने स्थान पर बादशाह भी विराजमान थे। उनका गुस्सा अभी भी शांत न हुआ था। सेवक को फाँसी चढ़ाने से पहले उसकी अंतिम इच्छा पूछी गई।

"मैंने बहुत दिनों तक उन फूलदानों की सेवा की है और अब उन्हीं के कारण मैं अपना जीवन खोने जा रहा हूँ। मरने से पहले मैं आखिरी बार बाकी बचे तीनों फूलदानों को देखना चाहता हूँ।" सेवक ने कहा। सिपाहियों और जल्लादों ने बादशाह की ओर देखा, बादशाह ने तुरंत इजाजत दे दी। अविलंब तीनों फूलदान उसके सम्मुख लाए गए।

सेवक ने बिना एक क्षण गँवाए उन तीनों फूलदानों को जमीन पर दे मारा। बेशकीमती फूलदान चकनाचूर हो गए। यह देखकर बादशाह का गुस्सा आपे से बाहर हो गया। उनके नथुने फूल रहे थे, होंठ फड़फड़ा रहे थे, सारा जिस्म काँप रहा था। गुस्से की हर हद को पार करते हुए वे बोले, "अरे ओ मूर्ख! क्या किया तूने? हमारे इतने प्रिय कीमती फूलदानों को तोड़ डाला? इन्हें तोड़कर तुझे क्या मिल गया?"

बड़ी ही निर्भीकता के साथ सेवक ने उत्तर दिया, "आलीजहाँ! तीन

निर्दोष लोगों के जीवन और उनसे जुड़े कम-से-कम तीस बेसहारा के जीने का सहारा। मैं एक फूलदान टूटने के कारण आज फाँसी पर चढ़ाया जा रहा हूँ। देखनेवालों की नजरों में तो मैं अकेला ही फाँसी चढ़ रहा हूँ, लेकिन मेरे बाद मेरे परिवार का जीवन भी कहाँ ठीक बीतने वाला है। ये फूलदान आबेहयात पीकर नहीं आए हैं, कभी तो टूटेंगे ही और फिर तब मेरी ही तरह तीन निर्दोष लोग फाँसी पर चढ़ाए जाएँगे और उनके परिवार तिल-तिलकर मरेंगे। इन फूलदानों की कीमत मनुष्यों की जान से अधिक नहीं है, जहाँपनाह।"

सेवक की बातों ने बादशाह को अंदर तक झिंझोड़ दिया। मानो बेहोश बादशाह को होश आ गया हो। उन्हें तुरंत अहसास हुआ कि गुस्से की आग में जलकर वह क्या भयानक गलती करने जा रहा था। सेवक की फाँसी को तुरंत खारिज कर दिया गया।

अगले दिन सुबह-सवेरे ही सेवक को दरबार में बुलाया गया। आम तौर पर दरबार इतनी जल्दी नहीं लगता था। अपने तख्त-ए-दरबार पर बैठे बादशाह ने सेवक से पूछा, "इस तरह की नायाब बात तुम्हें सूझी कैसे?"

सेवक ने दरबार में बादशाह के पास खड़े खोजा की ओर देखा। बादशाह सबकुछ समझ गए। उन्होंने खोजा को एक निर्दोष की जान और उन्हें पाप करने से बचाने के लिए धन्यवाद दिया।